天河

TIAN

HE

胡继风 著

黑龙江少年儿童出版社

谨以此书献给所有渴望被爱的孩子们……

目录

1. 一觉醒来

早早早早就醒了。

当然不是自然醒，因为窗户外面还黑魆魆的一片呢，还正是打呼噜和说梦话的时候呢。

早早是被吵醒的。

吵醒早早的不是爸爸不是妈妈也不是奶奶，不是弟弟晚晚，更不是家里的小狗点点。

而是鞭炮。

外面的鞭炮太密了，简直比夜空中的星星和麦田里的麦子还要密：你听，噼里啪啦噼里啪啦，前一串刚刚落下，噼里啪啦噼里啪啦，后一串赶紧就起来啦……就像一群反应飞快的同学在做成语接龙，中间连一点儿思考的当儿也不用留。而且有时候是几串鞭炮同时响起来，就像有几个同学同时想起了一个成语，于是都叽叽喳喳地做抢答。

那声音就更大、更吵了……

也难怪，因为今天才初六。

正月初六。

日子还在年关里。

年关应该是这个世界上最美最美的那道关：离家很久很久的大人差不多都回来了，差不多家家都团圆了。吃的是好的，几乎顿顿都有肉；穿的是好的，几乎人人有新衣；看的是好的，电视里几乎天天都有热热闹闹的晚会；说的是好的，几乎都是吉祥话和祝福语……

对了，还要贴春联、挂年画、走亲戚、放鞭炮。

特别是鞭炮，要一口气从除夕放到正月十五。而且不仅仅一日三餐之前放，天黑之后也会放，天亮之前还会有人放——整个世界还都在梦乡里，鞭炮声像加了扩音器，听起来最最吵人了。

早早好几次都被吵醒了。

以前，被吵醒之后，早早只是迷迷糊糊地睁一下眼，挪挪胳膊动动腿，顶多再翻个身，换个姿势，接着就又像花儿一样香地睡着了——毕竟，早早还只是一个十二岁的小姑娘，再加上又处在不用早起的寒假里，所以正是贪恋热被窝的好时候。

可是，今天的情况有些不对劲儿：早早挪了挪胳膊，结果胳膊碰到的是被子；伸手摸了摸，摸到的依然是被子。

应该是妈妈呀。

应该是温暖的妈妈呀。

早早一下子有一种不好的预感，刚才还像淘气时的晚晚一样黏着自己不放的困，现在就像一只受惊的小老鼠，嗖地一下逃得没影了！

早早试探地伸直了腿——没错，触到的并不是那个刚回来几天的爸爸，而是晚晚的小脚丫！

早早噌地一下坐起来，拉下了电灯绳。

小小的屋子里，所有的东西，一下子就尽收眼底了。

妈妈不在被子里！

爸爸也不在被子里！

但是被子上面多了一张纸，一张很显然要早早一开灯就可以看到的纸。

早早一把抓起来。

"早早，当你看到这张纸的时候，我们差不多已经赶到嶂山县城了，也许已经上了汽车了……"

哇——早早看不下去了，扯开嗓子哭了起来。

也许是早早的哭声太响了，比外面的鞭炮声还要响，只用了一秒钟，就把五岁的晚晚给哭醒了。

晚晚也几乎只用了一秒钟，就明白是怎么回事了。

晚晚也扯开嗓子哭，而且一边哭着一边掀起被子往外面跑。

早早是不可能再哭的了。

因为跟光着脚、只穿着一身薄秋衣的晚晚比，哭这件事情真的太小太小了。

早早现在要做的，就是也像晚晚一样，光着脚、穿着一身薄秋衣，以最快的速度追出去……

2. 小满知道就好了

太阳刚出来没多会儿，光线就有些刺眼了——这可不能怪太阳，虽说已经过了春节，名义上已经进入春天，但外面还是天寒地冻的，雪还没化呢。

刚升起的太阳就像一只刚出壳的小鸡仔，依旧软软的、黄黄的。

铺天盖地的雪，就像无数面小镜子，将本来软软的、黄黄的阳光给放大了，放大了好多好多倍。

对于刚刚哭过的早早来说，就变得更加刺眼了。

晚晚当然也不例外，而且因为哭得更厉害，眼睛都哭肿了，看上去只剩下一条缝儿。

整个人也无精打采的。

和大雪刚刚飘落时候的晚晚比，看上去根本就不是一个人……

这场大雪是除夕那天中午开始下的。下雪前，气温骤降，地上均匀地结了一层冰粒子——好像老天在铺一张防潮、防寒又可以防止摔疼的席子。

然后，仙女一样娇气又漂亮的雪花就可以放心地来到人间了。

先是零星的一两朵，渐渐地越下越厚，最后是铺天盖地地密——密到晚晚和点点每出去跑上一小会儿，回来身上都是一身厚厚的白。

就像换了一件又一件崭新的白棉衣……

本来，妈妈是不让晚晚出去的，因为外面的雪真的是太大了，就算糊在衣服外面的能掸掉，可是钻进脖子里和袖子里的还是很快会化成冰凉的水。

可是晚晚想爸爸呀，晚晚不想错过看到爸爸后，第一时间冲过去的那一刻，因为爸爸离家又是整整一年了！

"你就是一直站在村口那儿等，等成一个傻傻的小雪人儿，爸爸也是不可能再快的——除非他突然长出两个大翅膀，扑棱棱地飞回来！"妈妈一边在砧板上切肉一边笑眯眯地说。

可是五岁的晚晚哪儿听啊，还是一遍又一遍地满怀着希望向着村口飞过去，再一遍又一遍地带着满身的雪花和失望飞回来……

别说是晚晚了，早早想，就算是自己，如果不是要帮妈妈在灶下烧火，帮忙准备年夜饭，也一样会跟着晚晚飞进飞出的。

不，不是飞进飞出，因为自己毕竟不是一个淘气的五岁小男孩，也不是一条连安静半秒钟都会浑身不自在的小黑狗。

而是一个文静的十二岁的姑娘家。

用妈妈的话说，"咱家早早就是一个稳稳当当的大姑娘。"

一个稳稳当当的大姑娘，肯定会稳稳当当地站在村口等，一直等成一个傻傻的小雪人儿为止，一直等到爸爸回来为止……

爸爸真的就回来了。

爸爸不可能不回来。

因为今天是除夕，过年了。

"回去吧，你们娘儿仨都回去吧！要不了多久就又过年了，过年我就又回来了！"——每年正月初几，最多也就是吃了元宵过了十五吧，每当早早跟着妈妈和弟弟还有小黑狗点点一起将外出务工的爸爸送到村口的时候，爸爸总会紧走几步将他们甩在身后面，然后回过头来挥挥手，对恋恋不舍的他们说。

爸爸说话是算数的，因为已经整整三年了，他每年过年都回来。

今年当然也不例外。

只不过，爸爸今年回来得稍晚些，将近天黑了才到家……

在十二岁的早早的脑海里，这个世界上最最值得期待的事，就是爸爸回家。爸爸回家真是太好了：不仅带来了漂亮的新衣服，香喷喷的平时吃不到的零食，非常慷慨大方的压岁钱，还带来……这么说吧，爸爸回来之后的家，就像升起了圆月的夜晚，更亮堂了；就像冬天加了一件厚衣服，更暖和了；就像那半扇坏掉的大门被修好，更踏实了；就像吃饭时那张被坐满了的小方桌，更完整了……

当然，早早也更快乐了。

弟弟晚晚更是。

特别是今年。

因为今年和爸爸一起降临的，还有一场雪，一场铺天盖地的雪。

于是，五岁的弟弟晚晚就更欢了，几乎每天早上一睁眼就拽着爸爸一起跑到外面的雪地里。雪地里本来就有多得数不清的乐趣，再加上现在又有了爸爸，有了一年才回来一次的像大熊猫一样珍稀的爸爸，于是那乐趣自然就放大了，就翻倍了，就升级了……

现在，小胡庄上的雪还在，整个世界的雪都在，白茫茫的一片。雪地上，爸爸带着自己和晚晚以及小狗点点一起走过的那些脚印还在，依旧大大小小、深深浅浅的；一起堆过的雪人儿还在，依旧白白胖胖笑眯眯的；一起追过的小鸟儿还在，依旧叽叽喳喳、蹦蹦跳跳的；一起摘过的冰凌还在，依旧长长短短、晶莹剔透的……

还有，一起摇过的大树还在，一起溜过的冰面还在，一起看过的蓝天还在……对了，自己还在，晚晚还在，点点还在……

可是，爸爸却走了。

爸爸不仅自己走了，还把妈妈给拐走了，偷偷摸摸地拐走了。这样说好像不对啊，好像冤枉了爸爸，因为妈妈曾经不止一次地跟自己说过，她也很想跟爸爸一起到外面挣钱的。

而且今天早上她留下的信里也清清楚楚、明明白白地写着："早早，咱们小胡庄上好多妈妈都跟着爸爸一起到大城市里挣钱去了。妈妈再也不能待下去了，再待下去也许就要急死了……"

"主谋"是妈妈也不一定。

不管"主谋"是爸爸还是妈妈，结果都是一样的：他俩趁着夜色神不知鬼不觉地溜走了。

把自己和晚晚像丢手绢一样丢下了……

一个被丢手绢一样丢下的孩子，特别是一个只有五岁的男孩子，是不可能不无精打采的。何况他还刚刚哭过，在清晨洒满阳光的明亮的雪地上，他那肿得就像一条线一样的眼睛还眯着呢。所以曾经给他带来无限快乐的白白胖胖的雪人儿、叽叽喳喳的小鸟儿、长长短短的冰凌，此刻一点儿也没办法引起他的兴趣。

小狗点点也是，闷声不吭，耷拉着耳朵和脑袋，拖着尾巴，一步一步很慢很沉重地走着，好像它并不是狗，而是一头小小的、背上驮着一口袋粮食的驴。

或者也是一个小孩子，一个被大人偷偷丢掉、怀着一肚子委屈的小孩子……

是的，是委屈。

早早感觉委屈极了。

一个十二岁的姐姐和一个五岁的弟弟一样，受了委屈都可以哭，都可以痛痛快快地哭，可不一样的是，晚晚哭完之后，除了眼睛肿成一条线，还有看起来无精打采的，其他也就没什么了。可早早哭过之后会去找自己的好朋友。

每次遇到特别开心或者特别不开心的事，早早都会去找自己的好朋友。

好朋友仿佛是孙悟空，真的是太神奇太神奇了，能让自己的开心大起来，像泡泡糖一样大起来，也能让自己的不开心小下去，像泡泡糖一样小下去……

现在，早早要去找的是小满。

早早之所以找小满，一来是因为小满和自己一个小胡庄上住着；二来，也是最最重要的，是因为小满和自己一样，以前也是爸爸在遥远的大城市里挣钱，妈妈留在小胡庄上种地喂猪带孩子。

而且妈妈跟小满妈妈就像自己跟小满，也是非常要好的朋友。

早早其实是想看一看，小满的妈妈是不是和自己的妈妈一样——"再也不能待下去了，再待下去也许就要急死了。"

看看她是不是和自己的妈妈一样，就像自己睡熟时做的一个梦，一睁眼马上就不见了……

可是，让早早非常难过的是，小满的妈妈什么地方也没去，依旧像从前一样待在家里好好的，依旧像从前一样对自己那么热情。她一见早早领着晚晚进了门，连忙去簸箕里抓了两大把炒花生和炒瓜子，一边朝早早和晚晚的手里塞，一边自言自语地责怪道："天这么冷，扔下两个孩子就走了……翠霞也真是的，难道就不能再等等吗？等到两个孩子再大一点儿吗？"

翠霞就是妈妈，妈妈叫翠霞，刘翠霞。早早有些委屈地问："三婶，你知道我妈妈要走吗？"

"知道，怎么不知道？昨天夜里我都上床睡觉了，你妈妈又跑过来喊门把我叫起来了。她嘱咐我平时要多照应你们姐弟俩。"三婶这么说的时候，一定也发现早早脸上的委屈和小小的不满了，所以连忙补充道，"我当时还劝过她呢，劝她像我一样再等几年，等孩子大一点儿再出去，可是你猜你妈怎么说，她说她一天也等不了了，再等外面的钱就都被别人挣光了。她还说，俗话讲得好，要想走三六九，明天正好初六，明天就走，而且要一大早悄悄地走，不然晚晚一定会拖着不放的……对了，还有早早，早早也一定会哭的……"

早早已经哭了。

是那种不出声的，但是眼泪吧嗒吧嗒往下掉的哭。

按小胡庄人的说法，这叫闷哭。

差不多是哭里面最最伤心的一种哭。

小满知道就好了，早早一边闷哭一边想，那样说不定……

"早早，我什么也不知道，就连你妈妈过来喊门我都不知道！"一直站在旁边没吭声的小满，仿佛听到好朋友心里的声音了，一边不知所措地摩挲着自己的衣角，一边愧疚而小声地说，"早早你知道的，我一睡起来就像……对了，就像猪！死沉死沉死沉的……"

3. 高兴是一只受惊的鸟

像天下几乎所有的集镇一样，红集乡主干道是笔直笔直的一横一竖两条街，而且这两条街像"十"字那样工整地交叉着；也像天下几乎所有的集镇一样，红集乡"十"字街上一年当中最最热闹的那天永远是正月十五。

庙会日。

"妈妈，咱们红集乡也没有庙啊，哪来的这个正月十五逢庙会呢？"前年，也可能是大前年吧，也是今天，也是走在……哦，不，应该说是挪，挪在这一横一竖的两条街上，早早的脑子里忽然产生了一个大大的疑问。

"可能是从前有庙吧，"早早至今还能清清楚楚地记得妈妈当时说的话，"别胡思乱想了早早，紧跟着妈妈，不然你会被挤丢了……"

是的，是挤，每一年庙会都挤，今年当然也不例外了。挤到什么程度呢？挤到……这么跟你说吧：假如这时候恰好有一只蚂蚁被挤在了人群里，那它也很难找到缝隙钻出来！

真的，人真的是太多了！

好像全世界所有要卖东西的人全来了！

好像全世界所有要买东西的人全来了！

好像全世界所有不卖东西也不买东西，只想看看热闹的人也全来了……

　　奶奶本来也是要来的。虽然家里有鸡还有羊，需要看门；虽然自己已经六十五岁了，而且因为年轻时劳累的缘故，落下了腿脚不好的老毛病；虽然红集乡集镇所在地，也就是赶庙会的地方，距离小胡庄大概有将近十里①地；虽然……但是，这一切到了五岁的孙子跟前，又算得了什么呢？

　　要知道，庙会是什么？庙会就是人山人海啊，谁能保证人山人海里面全部都是好人？假如有一个坏人呢？而且是一个专偷孩子的坏人呢？再说了，就算一个坏人也没有，孙子自己也可能会被挤丢的啊。

　　而一个五岁的孩子要是在一个离家十里的地方挤丢了，那他还能自己找回来？

　　"奶奶，不是还有我吗？你怎么把我给忘了？"早早不想把弟弟一个人丢在家里哭，早早也不想错过这个一年才有一次的热闹的庙会。再说了，明天寒假就结束了，就开学了，早早还有好多东西要买呢，所以早早只有劝自己的奶奶啦。

　　"是的，还有我，我们呢，"小满、甜甜、大闪、二康、三丫头……小胡庄上的小伙伴，也是今天要一起去赶庙会的孩子，信誓旦旦地站在早早一头："我会眼睛一眨不眨地盯着晚晚的""我会紧跟在晚晚后面的""我会拉着晚晚不放的"……特别是比早早高一年级也大一岁的大闪，还文绉绉地说："我会和晚晚形影不离的……"

　　奶奶心里就有些松劲儿了。奶奶心里一松劲儿，手上当然也就松劲儿啦。奶奶手里一松劲儿，早就在她怀里一边哭一边挣扎的晚晚，当然就可以成功地挣开啦……

　　可是，事实证明，小伙伴们都撒谎了——不，不是撒谎，要怪就怪庙会上的好东西太多、太引人了：陀螺、泥哨、变形金刚、玩具小

---

① 里，非法定计量单位。1 里 =500 米。

汽车……这是男孩子喜欢的；跳绳、皮筋、玻璃手镯、玩具布娃娃……这是女孩子喜欢的；风车、面人、棉花糖、烤面筋……这是男孩子女孩子都喜欢的……

所以，刚到庙会上不多会儿，甜甜、大闪、二康、三丫头他们几个就走散了。

只剩下小满一个了。

再后来，连小满也像嘴里哈出来的热气一样，神不知鬼不觉地挥发了、不见了……

早早当然不会。早早牵晚晚的手是那样紧，仿佛根本就不是牵着的，而是拿万能胶胶着的、用电焊焊着的。

早早就算把自己弄丢了，也绝不会把弟弟弄丢的！

不仅没弄丢，恰恰相反，还捡了一个呢！

对，就是捡了一个！

捡了一个小孩子！

早早紧紧地牵着弟弟晚晚在人流中像连体人那样寸步不离地走着走着，一回头，忽然发现晚晚另一只空着的手也牵着一个小孩子！

一个比他还小的小女孩儿！

而小女孩儿除了晚晚牵着她，就再也没别人牵着了！

而且，在早早、晚晚和小女孩儿的身边，人群像鱼群一样向前游，没有一个人想过要多看他们一眼，更别说要停下来了！

早早就知道，这个小女孩儿被大人弄丢了！

早早赶紧蹲下身子问晚晚："你是什么时候牵着她的？"

晚晚有些蒙，他的注意力完全被精彩的庙会吸引了，才发现原来自己还牵着一个小女孩儿。

晚晚现在要做的，当然是松开她了。

早早忙不迭地又牵住了：人流像水流一样越来越大，而且有时候还像水流那样泛起一两个漩涡和波浪。如果不赶紧攥着她，她肯定会被冲走的。

　　同时，早早问："你妈妈呢？"

　　女孩儿转过脸朝晚晚看了看，又转着圈向周围的人流看了看，这才"哇"的一声哭开了……

　　早早已经十二岁了，已经是桃园小学五年级的大学生了。一个十二岁的大学生肯定听过或者经历过很多新鲜事：比如，一次电视里放的一个新闻说，一个人捡到一个金戒指，"我捡到一个金戒指！我捡到一个金戒指！"这个人忍不住这样叫起来！

　　然后你猜怎么着，对！马上就有六七个人呼啦一下围过来，都说那只戒指是自己的……

　　一个丢掉的小女孩儿毕竟不是一只小小的、不会说话的金戒指，估计也不会被六七个人同时抢，但是，假如真的遇到坏人呢？比如大人们嘴里常说的老拐子，也就是专门拐卖人口的人贩子。人贩子看见小孩子想骗、想偷都来不及呢，更别说顺手牵羊地认领一个了……

　　这样一想，早早就不吱声了。

　　早早紧紧地牵着女孩儿和弟弟的手，尽可能快地往前走。

　　也没走多远，因为今天庙会，十里八乡的人全来了，红集乡派出所穿制服的警察和保安也来了，来维持秩序。不过人手还是不够用。于是红集乡派出所又向上级公安局请求支援，局里又派出了一部分警察和保安。

　　这样一来，红集乡的庙会上，差不多每隔一百米，就站着一个穿制服的人……

　　接下来的事情你应该猜到了：警察叔叔通过手里的对讲机一联络，

那对儿粗心的爸爸妈妈很快就抹着眼泪赶过来了。

小女孩儿也破涕为笑地一下子扑了过去。

然后呢，粗心的爸爸妈妈当然要感谢一下早早啦——而且他们不光只说话，还问早早姐弟俩都喜欢些什么。

"告诉我们，我们马上就会给你买来的。"他们说。

可是这怎么可以呢？要知道，当初雷锋叔叔做了那么多好事，也没有要人家一针一线啊。

然而粗心的爸爸妈妈态度非常诚恳而坚决，最后他们硬是在早早的口袋里塞了五十块钱。他们说："买一点儿你和弟弟爱吃的零食吧。"

早早本来是坚决不要的，可是警察叔叔还有旁边看热闹的人都七嘴八舌地说："谢一下也是应该的""小姑娘你就拿着吧""你再不拿人家真的就过意不去了"……有一个嗓门和嘴巴一样大的阿姨还开着玩笑："丫头，这是你应该得的奖金呀，赶紧拿着吧，再不拿我可要拿着了……"

而且，这时候，那对儿粗心的爸爸妈妈，已经在人们善意的笑声中，抱着小女孩儿挤进了汹涌的人群，一眨眼就被卷走了。

早早没有办法，只好乖乖地接受了……

好了，现在，早早的口袋里就有整整一百块钱了！对，早早本来就有五十块钱。

那是除夕守岁时爸爸给早早的压岁钱。

临出门的时候，早早其实并不想把五十块钱全带上，因为在早早看来，五十块钱实在是太大太大了，假如全装在身上，一不留神花完了或者弄丢了怎么办？可是不全带上也不行啊，因为五十块钱是一整张的……早早能做的只有将那只不牵弟弟的手片刻不离地插在口袋里，像护着弟弟一样护着那张纸，同时在心里不断地提醒自己说：到了庙会上千万不能看见什么买什么，要少花点儿，一定要少花点儿，一定一定要少花点儿……

所以，到现在，都牵着弟弟在庙会上逛了好一会儿了，都和小满、甜甜、大闪、二康、三丫头他们几个走散了，都"捡"过又"还"过人家一个孩子了，都把手心里的那个五十块钱攥湿了、湿成一块小小的"毛巾"了……早早还是一分没花呢。

不过这会儿不一样了，这会儿口袋里的钱翻了一个大筋斗，多出了整整五十块！而且多出的这整整五十块还是自己做好事得来的"奖金"！所以不知道怎么的，早早一下子变得大方起来了！

一下子把那句"千万不能看见什么买什么"的告诫给忘记了！

不信，你瞧：

早早最先买的是两团柳絮一样白、一样蓬松的棉花糖，自己和弟弟各一团，一共花去一块钱。

在一个摆满了各种花树的摊位前，早早选了一株粗壮的月季——早早早就希望自家门前的菜园子里能有一团盛开的鲜花了，现在终于要实现啦，花去了一块五毛钱。

奶奶的腿脚有毛病，一到阴天就会疼，而现在，一个摆摊卖膏药的江湖郎中说，他的膏药用的是祖传秘方，都祖传了大概一千多年了，而且不管什么老寒腿、风湿腿，贴了之后马上好……早早一开始是有些怀疑的，但是看见好些人，特别是上了年纪的爷爷奶奶都在买，她也就上去买一盒……不过价钱真的贵，花去了整整五块钱。

晚晚在一个卖烤肠的摊位前不走了，早早劝他等一等，因为太阳马上就要到正南了，就是午饭的时间了，就可以去娃娃鱼摊那里吃娃娃鱼了——娃娃鱼可不是书里说的那种跟大熊猫一样珍稀的娃娃鱼，而是一种用山芋淀粉做成的形状像娃娃鱼一样的小零食，可好吃了，以前只要跟妈妈赶集或者赶庙会，早早都要馋馋地吃一碗。可是晚晚却像癞皮狗一样不听话，而且嘴巴里的口水已经像屋檐上的冰凌一样长长地挂下来了。早早只好决定买一根儿，可是卖烤肠却递给早早两根儿，早早当然要退回去啦。早早毕竟不是五岁，而是十二岁，而且还是一个姑娘家。为了省下一块五毛钱，早早完全可以管住自己的馋。

早早在一个专卖女孩子用品的摊位上看到一种很新、很漂亮的皮筋儿，扎头发用的皮筋儿。一小袋儿只要六毛钱，而一小袋儿里面有十根。早早决定买两袋儿。一袋儿留给自己，一袋儿送给吴圆圆，吴圆圆是自己的同桌。早早本来也想给小满、甜甜、三丫头她们仨一人买上一袋儿的，可是考虑到她们今天都在庙会上，一定也看到这些漂亮的皮筋儿了。如果她们喜欢，也一定会买，所以最后还是放弃了。

假如你养了一条身上生了寄生虫的小狗，而你现在恰好看到有人在卖一种据说可以消灭一切寄生虫的药，你会怎么办？毫不犹豫地买下它。对，早早也是这样做的。早早看到一个人拿着喇叭在宣传一种一盒只要一块五毛钱，却可以消灭一切虱子啊跳蚤啊什么的药，早早想也没想就给自己家生了跳蚤的点点买了一盒……

红气球一样的太阳看起来距离西边的地面只有一人高的时候，早早迈着很沉重的步子往家走——没错，就是沉重，因为五岁的晚晚已经走累了，再也不愿意走半步了。

早早必须背着他。

还有，早早今天足足从"奖金"里花掉了二十六块钱！二十六块钱，就算是全换成硬币，充其量也就是一本书或者两个本子的重量吧。可是，要是从庙会上换来花树、膏药、小镜子、铅笔、玩具手枪、陀螺、跳绳、毽子什么的，可就完全不一样了。

那就是鼓囊囊、沉甸甸的一塑料袋儿了。

另外，从早上出来到现在，早早一直都在走，早早自己也走累了……

早早虽然感觉手重、腿重、背上重，但是心里一点儿也不重。恰恰相反，轻松着呢。因为今天过得真是太愉快了，回想起来全是高兴的事。

因为小伙伴儿们离开庙会比较晚，再加上自己负重走得慢，所以没过多久早早就和小满、甜甜、大闪、二康、三丫头他们会合了。

到这时早早才知道，原来不光是自己和大部队走散了，他们几个彼此也都走散了：小满和三丫头在一起，甜甜和二康在一起，大闪呢？大闪一个人在庙会上逛了大半天，直到后来遇上了二康和甜甜……

不过话说回来，走散有走散的好处，因为庙会上有趣的事情实在是太多了，大家如果紧紧团在一起走，遇到的趣事肯定都是一样的。但是假如分散开，效果一下子就出来了——这就像在树林里采蘑菇，分头采总比一起采要多得多。

比如，小满和三丫头遇到一个小偷被警察抓住了，而那个小偷被抓住的时候，他已经神不知鬼不觉地偷到了三个手机、四个钱包还有一条牛仔裤。

比如，甜甜和二康遇到一个玩杂技的小老头儿，不仅能赤脚从一排雪亮锋利的刀刃上走过去，还能像没事人一样将一块通红通红的火炭含在嘴巴里。

比如，大闪在摊子上看到一种非常神奇的塑料小飞机（可惜价钱太贵了，不然大闪就买了），无论对着哪个方向射出来，也无论它飞得多高多远，最终都会原路返回，稳稳当当地落到你手上……

本来，早早要说的是一个小女孩儿错牵了一个小男孩儿的手，然后又有惊无险地回到了妈妈身边的故事。因为这是早早今天遇到的最大最大的事，也是一件给她带来了很多快乐的事。

可是早早最终却没有说出来。

因为就在早早要开口的时候，一直伏在她背上沉沉酣睡的晚晚，可能是受刚才那个哭着要妈妈的小女孩儿的影响了，做梦了——忽然打了个激灵，同时抽泣着、嘟哝着叫了声"妈妈"。

早早就像突然被人揉下了河，浑身上下全湿了。

在心里停留了整整一天的高兴，也像一只受惊的鸟，扑棱一声，逃得无影无踪……

4. 半天就可以长大

"张婷婷、王小娟、胡清早，你们三个人留下来。"开学第一天，放晌午学之后，嶂山县红集乡桃园小学五年级的语文老师兼班主任常老师在教室里宣布道。

你可能已经猜出来了，胡清早就是咱们这个故事的主人公早早。

小胡庄的早早。

不过，早早为什么会和其他两个同学一起被留下来，估计你肯定没办法猜出来。

就算把脑袋猜疼了也猜不出来。

因为原因有些复杂……

还是从常老师说起吧。

常老师是位女老师，今年才二十一岁，刚从嶂山县师范学校毕业分到桃园村小不到两年时间。

常老师长着一张苹果一样的娃娃脸，皮肤略微黑一点点，个子略微矮一点点——不过，假如你认为常老师长得不好看那你可就错了。

而且是大错特错！

因为常老师非常的好看！非常的美！

常老师的美表现在多方面，比如常老师的头发柔柔的、密密的，特别是刘海儿那儿还有点儿卷；常老师的鼻梁窄窄的、高高的，特别是鼻尖那儿还有点儿翘；常老师的嘴巴红红的、润润的，特别是嘴角那儿还有点儿弯……

不过，常老师最美最美的地方，还属她的眼睛——常老师的两只眼睛就像两只小月牙儿，每时每刻都弯弯的。

就连生气的时候看上去也是弯弯的。

仿佛她天生就只会笑。

难怪她的父母给她起名叫常笑呢……

当然，常笑老师非常美的最最重要的原因，可不是她那花一样香、糖一样甜的笑，而是藏在她内心深处的好。

是的，常老师真的是太好太好了，特别是对她的学生，简直就像对待自己的弟弟妹妹一样好。

举一个简单的例子：在常笑老师那儿，学生是分星级的（也许在这个世界上，常老师是唯一一个给她的学生做星级标记的老师了）。

是这样的，像全中国所有偏僻的农村一样，嶂山县红集乡桃园村的很多青壮年农民都是常年在南方的大城市里务工的——当然，是很多，并不是全部，比如在常笑老师任班主任的五年级，有少数孩子的父母哪儿也没去，就待在他们居住的小鲍庄或者大王庄。那么，在常老师的笔记本上，这些孩子的名字前面就被标上了一颗星。有的孩子爸爸妈妈只出去了一个，还有一个留在家里，那么，在常老师的笔记本上，他们名字前面就被标上了两颗星。有的虽然爸爸妈妈都出去了，但是爷爷奶奶还在家，这些孩子就被标上三颗星。

以此类推：只有一个爷爷或者奶奶在身边的就被标上四颗星，如果哪个孩子是自己跟着哥哥姐姐或者带着弟弟妹妹生活的，就是"级别"最高的五颗星……

很显然，常老师给孩子分级的标准是根据正常陪伴在他们身边的亲人的多少、是年轻还是年老。不过在操作过程中，也会具体情况具体对待。比如小李庄的李建和，爸爸出去挣钱了，妈妈留在家，本来应该分在"二星级"，但是李建和的妈妈瘫痪了，常年卧床，不仅不能照顾李建和，还需要李建和照顾，于是常老师想都没想就把李建和分在了最最需要自己关注的"五星级"；再比如小张庄的张美玲，爸爸妈妈都出去了，自己跟着爷爷奶奶生活，但是张美玲的爷爷奶奶看起来太年轻了，甚至比班里有些学生的爸爸妈妈还年轻，而且对他们的宝贝孙女张美玲非常宠爱，巴不得分分秒秒都看在自己的眼皮子底下。所以常老师毫不犹豫地把张美玲由"三星级"降成了"一星级"……

而且，在常老师的笔记本上和心里面，学生的"级别"也不是一成不变的，因为就像季节一样，学生的家庭情况也会发生变化的。而细心的常老师总能够在第一时间掌握这些变化，并对他们的"星级"做适当调整。

比如今天，正月十六，新学期开学的第一天，常老师就对班上学生家长的去留情况做了一次全面的摸底排查（经验告诉常老师，年过到了正月十六，就已经像寒假一样，彻彻底底、干干净净地结束了！村子里那些想外出挣钱的农民早走了，没走的基本上也就不走了），然后对同学们的"星级"标准进行了适当的调整。

该降的降，该升的升。

调整完了一合计，像过去一样，还是降得少、升得多。常老师对此感到忧心忡忡，以至于狠狠地蹙了一下她那两道好看的眉。

当然不是调整完了就算完，要知道，常老师之所以要花这么多时间给同学们分级，目的就是要找出那些更需要自己关注的孩子。

特别是一些女孩子。

因为这些女孩子大多十二三岁，有些上学晚的都已经十三四了，正是半大不小的年龄。这个时期的男孩子也许要好些，顶多也就是淘气和贪玩儿些，但是同样年龄段的女孩子可就不一样了。

特别是身边少有亲人照顾甚至根本就没有亲人照顾的女孩子。

她们可能会遇到很多麻烦，甚至危险——相关的新闻常老师已经在电视、报纸和网络上看到了不少。

所以，现在，也就是开学第一天、中午放学之后，常老师特意把那三个"升级"的女孩子，也就是张婷婷、王小娟和胡清早，留了下来。

常老师想跟她们说上一会儿"悄悄话"，教给她们一些女孩子必备的自我保护常识……

常老师说话的声音好听极了。通常来说，一个爱笑的女孩子说话的声音都是好听的。何况常老师说的还是标准的普通话呢。而且现在是在谈心、说悄悄话，所以就显得更加温柔而动听了。

可是，不知道怎么搞的，早早听着听着，就感觉自己的眼睛，还有耳朵，离开自己飞走了，飞到三里外小胡庄的家里去了。

具体地说，是飞到了烟雾缭绕的灶屋里。

早早先是看见奶奶蹲在灶下面烧火。因为气管不好的原因，奶奶像往常一样，一边烧火一边咳嗽。

不过，灶上面的动静也要看一看，不然锅里的饭菜就煳掉了。而五岁的晚晚很显然还不能帮忙照看：他的个头太小了，踮起脚尖也就跟灶台差不多高。就算他站在一张板凳上，而且把锅盖掀开了，还是没用。

因为他根本看不出饭菜的火候。

他能看到的只是饭菜，还有笼罩在饭菜上面的蒸汽。

所以奶奶必须一边咳嗽着一边站起来，绕到灶上面看一看。

可是奶奶刚刚把锅盖掀起来，灶底下的火就别有用心地、悄悄地爬到了灶膛外。

奶奶必须赶紧折回去。

这样来回折几次，奶奶就有些气喘了，咳嗽也更加剧烈……

"今天就到这儿吧。以后遇到什么困难，或者什么不开心的事、不好跟别人说的事，一定要告诉我啊——记住，我不仅是你们的班主任，也是你们的大姐姐，更愿意当你们的好朋友。好啦，你们抓紧回家吃饭吧。"早早正在为奶奶心疼呢，就听见常老师这样说道。

早早和其他两个女同学一样，文文静静地跟常老师说再见。

不过刚出了常老师办公室的门，早早的文静就无影无踪了。早早像一只出了笼的鸟，扑棱一下飞起来。

一口气飞了三里地。

一口气飞到小胡庄。

一口气飞到家里面。

一口气飞到灶屋里。

而灶屋里的情景和早早想象的完全不一样：奶奶正拿着锅铲从容地站在灶台前炒菜呢，一丁点儿慌张忙乱的样子也没有。

早上还哭天抹泪地要跟着姐姐一起去学校的晚晚，现在正坐在灶膛前认认真真地烧火。

而且晚晚的火烧得好极了，没有让一丁点儿火苗从灶膛里跑出来！

可是他以前也没烧过火啊——以前除了吃、睡、玩、淘、哭之外，他好像什么本领也没有。

早早真有些纳闷了：从早晨到现在，也就是短短的半天时间，晚晚看起来怎么就一下子长大了许多呢……

5. 大栋树小栋树

现在是万物复苏的农历三月初——假如把一年放在一天当中过完的话，那么现在差不多相当于日出前后的那一段时间吧。

也可以说，相当于人们从睡梦中醒来的那一段时间。

怎样判断一个人是否已经从睡梦中醒来？

对，眼睛！是不是已经睁开了眼睛！

大自然其实也是这样的，判断大自然是不是已经从沉睡中醒来了，就是要看看大自然的"眼睛"是不是已经睁开了……

你可能有些不解了，大自然的"眼睛"？大自然也会有"眼睛"吗？

当然有了。

怎么可能没有呢。

而且大自然的"眼睛"多着呢，简直比天上的星星还要多。

不信你看看早早最近写的一篇题目叫作《春天来了》的作文就知道了。在这篇被常老师拿来当作范文读给全班同学听的作文的一开头，早早"很有想象力、很生动"（常老师评语）地这样写道："春天来了，大自然的'眼睛'睁开了——要是有人问我大自然的'眼睛'是什么，那么我就会这样告诉你：大自然的'眼睛'就是那些崭新的叶芽和美丽的花……"

接下来，为了证明自己说的是对的，早早还举了一些非常具体的例子，比如，作文里写道："杏花是杏树的'眼睛'，杏花开了，就说明杏树已经从夜一样的冬天里醒来了；桃花是桃树的'眼睛'，桃花开了，就说明桃树已经从夜一样的冬天里醒来了；柳芽是柳树的'眼睛'，柳芽绿了，就说明柳树已经从夜一样的冬天里醒来了；芦芽是芦苇的'眼睛'，芦芽绿了，就说明芦苇已经从夜一样的冬天里醒来了……"

那天傍晚，也就是早早因为作文写得好受到常老师表扬的那天傍晚，早早正在屋子里写作业，就听见弟弟晚晚在院子里面喊："姐姐，快来看啊，看看这是谁的'眼睛'啊？"

晚晚现在也知道大自然是有"眼睛"的，因为早早把自己发现的大自然是有"眼睛"的秘密告诉晚晚了。

晚晚很快就明白了。

而且晚晚很快就在自家的周围找到了很多"眼睛"：比如洁白的梨花是梨树的"眼睛"，金黄的菜花是油菜的"眼睛"，尖尖的草芽是小草的"眼睛"，香香的椿芽是香椿的"眼睛"……

像现在这样找到了"眼睛"，却不知道这些"眼睛"是谁的，对于晚晚来说还是头一次。

但是早早现在没兴趣。

早早现在的兴趣在作业上。

不过早早最终还是出去了。晚晚在接连喊了好几遍没有得到回应之后，索性跑到屋子里，硬是把姐姐拽了起来。

一直拽到了院子里……

这是楝树的"眼睛"，早早一眼就认出来了，虽然这"眼睛"还没有完全睁开——因为楝树和洋槐以及本槐一样，发芽总比其他的什么柳树、桃树、杏树、梨树晚很多。

不信你看，那嫩叶儿根本就没有舒展开，还紧紧地团在一起，像是一粒粒新鲜的绿豆呢。

或者也可以这么说：这棵铅笔一样高的小楝树，还没有完全醒过来，还在迷迷糊糊地睡大觉……

早早不知道这棵小楝树究竟是什么时候冒出来，并且长成一支铅笔的模样的，但是早早知道，在这支"铅笔"的位置上，曾经有一棵大楝树。

一棵高高的大楝树……

在早早的记忆里，这棵大楝树真的是太高太高了，高得就像一把无比巨大的伞，一把足以给爸爸妈妈爷爷奶奶还有自己……当然也包括自家的堂屋、前屋、灶屋以及整个院子和院子里的草垛、小鸡、水井、竹篮、铁锹……遮风挡雨的伞。

高得让人担心天上那些路过的小鸟儿啊云朵啊飞机啊会不会一不小心让它给刮坏了……

当然不会，因为它压根儿就不可能有那么高。

它的高完全是因为时间造成的。

那时候还是好多年前呢。好多年前爷爷还没有去世呢，好多年前晚晚还没有出生呢，好多年前爸爸妈妈和小胡庄上的很多叔叔婶婶一样，脑子里还没有冒出要出去挣钱的念头呢。

也就是说，那时候的早早还小呢。

和这个世界上所有还小的孩子一样，那时候早早看什么都是大大的。比如现在小胡庄前面的那片汪，那时候看起来就是海；小胡庄东面的那条河，那时候看起来就是江……那时候的草垛不是草垛，是山丘；那时候的水牛不是水牛，是大象……那时候的水稻田就像现在的玉米地，那时候的玉米地就像现在的大树林……

那时候的楝树当然也就很大很大。

楝树下的快乐和幸福，也一样大。

比如：

农历三四月间，也就是春末夏初，楝树一夜之间就开花了。楝树的花又细又碎，洁白中带着一点点紫，挤在枝头像一朵浅紫色的云，落在地上像一片浅紫色的"米"。早早喜欢这浅紫色的带香气的"米"，常常蹲在地上一粒一粒小心地捡，捡得连时间也忘记了，捡得连这些"小米粒"落了自己一脖颈、一脑袋也忘记了……然后呢，在田里忙碌的爸爸妈妈就回来了。妈妈忙着和奶奶一起做午饭或者做晚饭，爸爸则忙着给早早清理钻进脖颈和头发里的"小米粒"……爸爸的手又粗又糙，可是爸爸的心却又细又软。你看，他给早早清理楝花的动作轻极了，简直可以用小心翼翼来形容了，特别是对那些落进了脖子里的"小米粒"，爸爸根本就不用手，而是使劲儿地鼓起腮帮子，像鼓风机那样呼呼地吹。

楝花落尽的时候夏天也就真真正正地到来了。夏天真热啊，特别是吃中饭和吃晚饭的时候，人身上的毛孔都变成泉眼了，汗水叽里咕噜地往下滚。不过早早家就好多了，因为早早家院子里的那棵大楝树不仅全都挂满了星星一样青青的果实，而且所有的叶片也都已经长到不能再大了。大楝树真的就变成一把擎天的密不透风的巨伞。吃饭的时候，爸爸妈妈就把饭桌从蒸笼一样的屋子里抬出来，搬到阴凉阴凉的伞底下。然后呢？当然就是一家人围坐下来吃饭。不过大人们吃饭一点儿也不专心，老是会为早早分神，爸爸时不时地会把他认为好吃的东西夹到早早的碗里面，妈妈会时不时地停下来，把粘在早早脸上的饭粒擦干净……晚上在大楝树底下乘凉的时候，早早热了，他们就赶紧为早早扇扇子。早早渴了，他们就赶紧为早早切西瓜。早早被蚊

子咬了一口，他们就赶紧为早早抹花露水。早早困了，打哈欠了，他们就赶紧把早早抱回屋里的蚊帐里……在放下蚊帐的那一刻，妈妈还会用她那有些偏厚的嘴唇，爸爸还会用他那长满了扎人胡茬的脸，偷偷地在早早的脸蛋上亲一下。

秋天来了，楝树的叶子很快就落得一片也不剩了。但是楝枣，也就是楝树的果实，却恰恰相反，连一颗也不会落下，依旧密密麻麻地簇拥在枝头，就像一嘟噜一嘟噜油绿的星星。油绿的"星星"又苦又涩。就算到了冬天，它被呼啦啦的风吹熟了，熟成了迷人的金黄色，依旧是又苦又涩的。所以除了饿极了的灰喜鹊，否则没有哪只鸟会喜欢它。可是早早却一点儿也没有因为它又苦又涩而嫌弃它。相反喜欢得不得了。因为在所有树木都光秃秃的冬天里，只有它们像金色的星星一样挂满枝头，又像是开在冬天的唯一的花，看起来真的是太美太美了，美得让人忍不住要摸一下。可是早早个头太小了，就算使劲儿地跳起来也摸不着……不过没问题，有爸爸呢。爸爸轻轻地掐着早早的腰，然后再轻轻地向上一举……早早就一下子变成巨人了，就可以摸到大楝树上最低的那一嘟噜金色的"星星"了……

就这样，花开了，花落了；果青了，果黄了……大楝树一点儿一点儿长高了。

早早也一年一年长大了。

早早的家里，也在一年一年地变化着。

先是慈爱的爷爷走了，在一个片片楝叶像片片纸钱一样洒满院落的深秋。

然后是可爱的弟弟来了，在一个粒粒楝花像粒粒浅紫色的米一样挤满枝头的初夏。

接着，是在一个楝枣刚刚泛黄的初冬，忙完了田里的所有农活儿之后，爸爸终于结结实实地下了一个要外出挣钱的决心，并且打了一个同样结结实实的背包，一步三回头地离开了家乡。

再然后呢？再然后，对，就是去年，那棵看着自己一天天长大的大楝树，突然就生病了。没几个月的时间，原本郁郁葱葱的树叶就掉光了。爸爸回来过年的时候，惋惜地说："看来大楝树是救不活了。"最后，园林部门的工作人员把大楝树拉走了，全家人为此难过了好一阵……

这棵刚刚有铅笔高的楝树苗，会不会是去年春天自己悄悄从地底下那棵大楝树的树根上发出来的？或者曾经有一颗楝枣落下来了，然后又被谁不小心踩进了泥土里，现在终于发芽了。

反正不管怎么说，从前那棵大楝树，都是眼前这棵小楝树的妈妈……

这样一想，早早就又有些分神了，一下子想起自己的妈妈了。

早早仿佛看见远走高飞的妈妈回来了！

爸爸也回来了！

眼前的这棵跟铅笔差不多大的小楝树，也只仅仅用了一秒钟，就呼啦一下长大了！

长得跟它妈妈一个模样了！

然后呢？对，然后的情形跟早早记忆里的差不多：春天就要过去了，大楝树紫米一样的碎花簌簌地落下来。落在锄头上，落在镰刀上，落在羊圈上，落在鸡舍上，落在刚刷过的鞋子上，落在刚晾晒的被子上……也调皮地落在奶奶、爸爸妈妈、自己和弟弟、包括小黑狗点点的身上……就像下了一场紫色的雪。

酷热的夏天到来了，太阳摇身一变，变成了一个爱搞恶作剧的神射手，不停地向着大地发射他那又细又密又锋利、还带着呼啦啦的火苗的箭。地面很快就招架不住了，感觉马上就要燃烧起来了……可是就算太阳这个神射手再厉害，也别想把他的一支利箭射到早早家的院子里。当然因为有大楝树，大楝树每一片看上去很柔弱的叶子其实都是一面坚硬的盾牌。早早一家人就在密密麻麻、碧绿的盾牌下，像从前一样，其乐融融地吃中饭吃晚饭，悠然惬意地乘凉、聊天。

秋天和冬天到来了，大楝树上的叶子落尽了，只剩下"星星"一样美丽的果实了。爸爸一把就掐住了自己……哦，不，自己已经长大了长高了，跳一跳就可以摸到最低处的那一串"星星"了——爸爸掐住的应该是晚晚的腰，然后像从前举起自己一样将晚晚举到了半空中……

"姐姐，你还没告诉我这是谁的'眼睛'呢。"早早心里正在为弟弟像自己一样能摸到楝枣而高兴呢，就听见有人嘟哝道。

当然是晚晚。

一直跟自己一起蹲在地上对着楝树苗看的晚晚。

早早这才发现，自己分神太久了，把弟弟的问题都给忘记了。

早早连忙对弟弟说："这是楝树的'眼睛'，就是从前咱们家的那棵大楝树的'眼睛'。"

然后，早早想了想，又说："晚晚，咱们找些树枝来，给它做一个结结实实的篱笆，让它长得跟它的妈妈，就是从前那棵大楝树一样大，好吗……"

6. 看水

天上的星星真多啊，多得就像一块黑色的布，上面洒满了密密麻麻的珍珠、玛瑙和钻石，而且它们都是不重样的：你看，有的大一点儿有的小一点儿；有的远一点儿有的近一点儿；有的亮一点儿有的暗一点儿；有的蓝一点儿有的红一点儿……长长、宽宽的银河更是如此，本该在一起的牛郎星和织女星，凑巧排成了一个勺子模样的北斗七星，还有偶尔划过夜空的流星……

地上的青蛙也很多，好像跟天上的星星一样多！不过，地上的青蛙可不像星星那样会发光、眨眼睛。但是它们会唱歌啊，而且它们的歌声就像天上的星星一样变幻莫测。不信你听，"呱呱"，是独唱；"呱呱、呱呱"，是男女声二重唱；"呱呱、呱呱、呱呱、呱呱"，是小合唱；"呱呱呱呱呱呱呱呱呱呱呱呱"，当然就是气势磅礴的大合唱了。

鼻子里能闻到的香气也很多，跟眼睛能看到的星星和耳朵能听到的蛙声一样多。略微带一点儿腥的是泥土的香，略微带一点儿涩的是青草的香，略微带一点儿甜的是麦苗的香……当然，空气里最多最浓的，还是油菜花那酒一样醉人的香……

总之，这是一个非常美、非常迷人的春天乡村的夜晚。

可是早早的心里却一点儿也不美。

恰恰相反，糟糕得很。

因为现在正是夜的最深处。假如把夜比作是小胡庄前面的那片小胡汪，现在就相当于汪中心。

而且早早不在屋子里，不在院子里，不在大门口，甚至不在小胡庄。

而是在距离小胡庄很远的田野里……

原因说起来有些话长：现在正是农历三月中旬，也是麦子使劲儿拔节和油菜拼命开花的季节，这个季节最需要水。可是正如农谚里说的那样——"春雨贵如油"，这个季节最缺的也是水。

而今年就更缺了。扳起手指数一数，差不多有一个月连半滴雨都没有下了。

田里干得都快冒烟儿了。

特别是小胡庄东面的那块田，一来因为地势高，怕旱；二来因为种的是油菜，油菜不像麦子那样密不透风，也不像麦子那样紧贴着地面，所以水分蒸发得特别快。

地上都出现一道道裂纹了。

就像一张张干渴的嘴。

可这怎么行呢？要知道，如果油菜在开花的时候喝不上足够的水，是会严重影响产量的。这有点儿像一个正长个子的孩子，你却不让他吃饱，他怎么可能长高长壮呢？

不过还好，大河里的水还没有干，不过去挑水是不可能，一来大河太远了，二来油菜田太大了。用挑水的方式去浇油菜地，就像用碗舀水去救一场熊熊燃烧的大火一样，一丁点儿用处也没有。

要用就要用小胡庄上的抽水机。

可是抽水机的能力也是有限的，假如每个人都在自家的油菜田头挖一个进水口，那么沟渠里那点儿有限的水哪一块田也淌不进去。

所以，要排队。

一般来说，排在前面的，都是最先轮到的。比如排队买票，总是前面的先买后面的后买。排队上车，总是前面的先上后面的后上……可是排队灌溉可不这样，排队灌溉要倒着排。以一条沟渠水流的方向为顺序，最后，也就是最下游的那块田要最先灌。灌好了，堵上进水口，倒数第二的那块田再挖开进水口……

早早家的油菜地不在下游也不在上游。

在中游。

抽水机是从大清早就开始马不停蹄地抽水的，而灌好一块油菜田大概要花费三小时……按照这样的速度推算下来，早早家的油菜田能喝上水的时间，差不多正好在最深最深的夜里。

而轮到灌田的人家，必须片刻不离地守在田头上，这叫作看水，也叫作守水，因为轮到你的时候你不挖开进水口，那水不可能像田鼠一样翻过田埂跑到你家田里去。进好了水之后你不堵上进水口，那进水口一秒钟就变成了出水口，很快就能将你家的水排得一滴也不剩。

当然，将你家的水排得一滴也不剩的还有一种可能，那就是远在大河边的那台抽水机，那台只能隐隐约约听见却看不见的抽水机，抽着抽着突然没油了，或者出毛病了，沟渠的水位一下子就低于田里的水位了……

好了，你现在应该明白早早深夜里待在旷野上的原因了。

而且你一定连她心情非常糟糕的原因也猜到了！

对，那就是怕！

非常怕！

怕到看天上那些美丽的星星都不是什么珍珠、玛瑙和钻石了，而是一只只忽隐忽现的神秘又诡异的小眼睛；怕到听那些此起彼伏的蛙鸣都不是什么动人的歌唱了，而是一阵阵受了惊吓的尖叫声……

怕到鼻子里的呼吸都急促了，都闻不到那些泥土、青草、麦苗和菜花的香气了。

也难怪，因为她只有十二岁，而且下游那块油菜田的主人望重爷爷，一看自家的水灌好了，就连忙堵上进水口扛起铁锹回家了。上游那块油菜田的主人云英婶娘，一看轮到自家还早，就算躺在床上舒舒服服地睡上两个小时也没事，也跨上自行车回去了……

此刻，在这无边的旷野上，早早能数出来的只有四个人——民宽叔叔，也就是大河边上看抽水机的人、奶奶、晚晚，还有自己。

可民宽叔叔和大河一样远，远到你就算把嗓子扯破了，他也不可能听得到。弟弟晚晚呢？他早已经在奶奶的怀里一动不动地睡着了。

所以，在这无边的深夜的旷野上，其实只有自己和奶奶两个人。

而奶奶呢？奶奶已经很老了，老得几乎没什么力气了……

早早的胆子本来就不大，这样一想就变得更小了。特别是当那些吵吵闹闹的青蛙不知道为什么突然一下子安静下来时，或者是一阵风吹来，吹得油菜田哗哗地响，或者有一只田鼠，在眼前看不见的地方吱吱叫着窜过去……当然，最最刺耳的还是沟渠边草丛里传出的那种哗哗啵啵声，那肯定是一条最最让人害怕的水蛇，或者像水蛇脱去了花衣裳一样的鳝鱼在游来游去……

每当听到这种哗哗啵啵声，早早身上的毛孔就像一扇扇被谁突然推开的门，哗啦一下全开了。

汗，也哗啦一下全冒出来了……

奶奶当然知道早早害怕，因为早早挨着她越来越紧了，挽着她胳膊的手也越来越紧了。说实话，奶奶心里也害怕。也许，置身在这漆黑的深夜里，在这远离村庄的旷野上，绝大多数的人都会害怕的吧，但是奶奶肯定不会说怕。

那样只会让自己的孙女更害怕。

奶奶说的是："早早乖，有奶奶呢，别怕。"

也许是奶奶太疼早早和晚晚了吧，所以奶奶总是在小名后加上一个字，喊成早早乖和晚晚乖。

可是奶奶这样说对早早没有一点儿用。

奶奶毕竟不是年轻力壮的妈妈。

当然，再年轻力壮的妈妈也比不上爸爸。爸爸块头比妈妈大上一圈，胳膊比妈妈粗上一倍，声音比妈妈高上一截，是这个家里最最魁伟的人……而且最最关键的是，爸爸遇事从不慌乱，有主见，比妈妈勇敢一百倍。举两个很多年前的例子吧，像现在一样，也都是发生在夜里的。一次是一个突然停电的夏天的夜晚，妈妈划亮火柴点着了蜡烛，一不小心蜡烛栽倒烧着了蚊帐。蚊帐是那种又轻又薄的麻纱布，这种布就像……对，就像火的梯子！火一旦登上了这个梯子，就像猴子上了树，噌噌噌噌一个劲儿地往上蹿，只用了差不多两秒钟就蹿到了屋顶了！而屋顶是什么？是同样最最容易燃烧的椽子和木板……妈妈一下子就傻掉了，瞪着眼，张着嘴，昂着头，好像看电视剧看到了惊险处。而闻声赶来的爸爸呢？只用了差不多半秒钟，就呼啦一下将熊熊燃烧的蚊帐扯下来了，一直扯到了院子的空地上。

另外一次是一个冬天的夜晚。那天早早跟着爸爸妈妈去姥姥家。姥姥家距离小胡庄三十多里地。吃完晚饭赶回来，自然要走上很长一段夜路……经过一片树林时，路边忽然"嘎"地飞起了一只大鸟，当时把妈妈吓得差点儿从自行车上摔下来……早早当然也被吓着了，一半是被那只鸟，一半是被自己的妈妈。早早当时哇的一声就哭了，不过只哭一声就止住了，因为爸爸。爸爸不仅一点儿也不害怕，相反还哈哈一下笑出了声。"至于吗？一只鸟竟然把你们娘儿俩吓成这样。"

他一边笑着一边说着，同时还腾出一只握着车把的手，往后抚摸了一下坐在后座上的早早，"有爸爸呢，"他说，"有爸爸你什么也不用怕……"

是的，有爸爸在什么也不用怕。因为在早早的心里，爸爸就像一棵枝繁叶茂的高高的大树，就像一座风平浪静的稳稳的港湾。

就像一根定海神针。

可是，现在这棵叫作爸爸的大树、这座叫作爸爸的港湾、这根叫作爸爸的定海神针远在千里之外。

妈妈也是，也远在千里之外。

现在只剩下奶奶、自己和弟弟。

对了，还有怕，还有像深夜一样深不见底的怕……

奶奶感觉到自己刚才劝早早"别怕"没用了，所以过了一会儿，她又对早早说了一句话。

一句快说完时她突然意识到不应该说的话。

一句省略了一个字的话。

也是一句好心办坏事的话。

这句话是："别怕，早早乖，别怕，这世上根本就没有……"

7. 荣贵爷爷的瓜田

今年老天真奇怪，好像什么时候让地上的那些麦子啊油菜啊给得罪了，在最需要雨水的季节硬是不给一滴雨。

甚至连一片云朵也不给。

任凭白花花的太阳无遮无拦地烘。

很快就把麦田给烘干了。

接着又把刚灌溉的油菜田也给烘干了。

不过你放心，这里的麦子啊油菜啊是绝对不会渴死的，因为嶂山县有一座很大很大的水库，叫作仓基湖。仓基湖就像……对，就像一个无比巨大的储蓄罐。

专门储存平时用不上的水。

平时用不上的水就像平时用不上的那些零花钱一样，关键时刻是非常非常宝贵的，甚至可以救命……你看，仓基湖里的水就通过一座座翻水站流到了一条条大河里，然后再通过一根根抽水泵流到了一道道沟渠里，最后再通过一眼眼进水口流到了一块块眼看着就要渴死的油菜田和麦田里。

当然也包括早早家的油菜田和麦田……

早早家一共有五口人，而小胡庄上一口人可以分到一亩①五分②田。

———————————

① 亩，非法定计量单位。1亩约等于666.67平方米。
② 分，非法定计量单位。1分约等于66.67平方米。

也就是说，早早家一共分到了七亩五分田。

而当初小胡庄是这么分田的：庄南面的那一百五十亩黑土田非常肥，就像在油里泡过一样肥，插根枯枝都能长出叶子来……这么肥的田当然要家家有份才公平；庄北面的那三百亩岗土田非常瘦，就像皮包骨头一样瘦，种瓜瓜不甜种豆豆不香……这么瘦的田当然也要家家有份才公平；庄东面的那四百亩盐碱田地势高，耐涝，但是怕旱啊，必须家家分一点儿；庄西面的那二百亩淤土田地势低，抗旱，但是怕涝啊，也必须家家分一点儿……

好了，你现在应该明白了，就像小胡庄上所有人家一样，早早家的七亩五分田也不是聚在一块儿的。

它们分别位于小胡庄东、南、西、北和东南、西南、西北几个方向。

除了留一块面积很小的地方种自家吃的蔬菜，其余几个地方全都种庄稼。

而现在这个季节，这几个地方长的庄稼除了麦子就是油菜……

随着天气越来越旱，不仅仅是油菜田，麦田也需要灌溉。可等到最后一块麦田吃饱了水，最先灌溉的油菜田水分又快蒸发没了，又需要重新灌溉了。

也就是说，早早并不是只要在深夜的旷野上守一次就算了的。

只要白天没排上队，早早的那一夜就必须在田埂上守。

或者说，早早的那一夜就必须在田埂上怕。

怕什么？

当然是怕那天夜里奶奶安慰早早时她自己也不敢说出来的东西啦，"这世上根本就没有……"的东西了。

可是真的没有吗？如果真的没有，为什么当时奶奶那么害怕呢？

甚至连那个字也不敢说出口……奶奶明显是在撒谎，因为她以前曾经不止一次说过。

奶奶还讲过好多好多关于那个东西的故事呢。

不光是奶奶，小胡庄上好多人，特别是跟奶奶一样上了年纪的人，都神神秘秘地讲过好多关于那个东西的故事……

可是真的有吗？如果真的有，为什么那么多人却说没有呢？为什么自己虽然在心里一万次地怕，眼里却一次也没看见呢……

一次，在刚刚看了一夜的水，也就是刚刚忍受了一夜的怕之后，早早忍不住在上学的路上把心里的疑问悄悄告诉了自己在小胡庄上最最要好的朋友小满。

早早本来是想听小满说没有的，那样也许自己心里的怕能减轻些。可是让早早非常失望的是，小满不仅没有往自己心里火一样的怕上浇一点点水，相反还泼了一桶油！

泼了大大的一桶油！

是这样的：小满刚听完早早的话，就明白早早说这话的原因了，小满说："早早，我猜你是夜里去看水害怕了。"

"嗯。"早早连忙点点头。

"我也害怕。我妈妈也害怕。我妈妈说，她要不是因为害怕，都去帮你家看水了……要知道，翠霞婶娘临走的时候交代我妈妈要好好照顾你们的。"

"哦……"

"好在我比你多一个爷爷。"

是的，小满有爷爷，荣贵爷爷。荣贵爷爷差不多是小胡庄上最胆大的爷爷。一个例子你就知道了：在小胡庄的西北方向，是一大片躺在河湾里的沙土地。沙土地土性甜，加上又紧靠着一条叫作厚沟的河，涝了容易排水，旱了容易灌溉，所以最最适合种西瓜。

可是除了小满家，小胡庄上却没有一家在那里种西瓜。因为那片河湾里的沙土地旁是一片坟地。而西瓜这东西是最最需要看守的。特别是夜里，几乎要一眼不眨地去看守，因为总有一些胆子比较大的贼。这些贼偷西瓜可不是为了解馋，而是卖。所以一偷可能会偷很多，甚至会把熟透的西瓜摘干净……还有那么多的老鼠、黄鼬，以及并不多见的刺猬和獾，它们都是非常高明的夜行贼——它们的高明之处在于灵敏的嗅觉，只需轻轻一嗅，就能嗅出哪个西瓜籽黑了、瓤红了、汁甜了。然后呢？当然不会像人那样去摘，而是啃。

一点儿一点儿轻轻地啃。

不一会儿就啃出了一个泉眼一样的大窟窿……

在目前的小胡庄上，没有谁敢挨着坟地呆一夜。

除了荣贵爷爷。

荣贵爷爷在他的瓜田中央盖了一间简易的瓜棚，然后从第一个西瓜刚结出来就住进去，一直住到最后一个西瓜离开了瓜秧才出来……

"对了，我还没回答你的问题呢。"早早的脑子里正想着荣贵爷爷和他的瓜田，就听见小满在耳边这样说。

"嗯，小满你说，那东西到底是有还是没有呢？"

"早早，你不希望我撒谎吧？"

早早心里咯噔一下。

早早就知道，她是不可能得到自己想要的答案了。

不过早早不甘心，早早说："你怎么知道有呢？你又没看到过。"

"我爷爷看到过。"

"你爷爷看到过？"

"对，我爷爷看到过！我爷爷要是没说他看到过，也许我妈妈就不会害怕了，我妈妈要是不害怕，也许我也就不会害怕了，妈妈说，家里有一个胆大的爷爷不一定是什么好事情，因为他会把其他人的胆子吓小的……"

小满说了这么多，早早其实只听清楚了第一句。所以早早现在最想知道的是荣贵爷爷究竟看到了什么。

"我不敢说，"小满神色紧张地说，"我要是敢说我早就跟你说了，我想一下都会觉得害怕。"

早早也有些害怕，就像夜里看水时一样怕。

可是不知道怎么的，早早越是害怕就越想知道结果。

小满猛吸了一口气，然后用一只手捂住胸口，压低声音、战战兢兢地说："那是一个半夜里，天上忽然起风了，本来明晃晃的月亮也一下被黑云盖住了。接着就是打闪，打雷。眼看着一场暴雨要来了。爷爷担心瓜田里有的垄沟被堵上，雨水不能痛痛快快地淌出去，淹了西瓜，就连忙摸起一把锄头出了门——爷爷刚刚出瓜棚的门，就看见远处的瓜田边，一道明晃晃的闪电下……"

8. 退步还不算很明显

在早早的同学中，或者说，在嶂山县红集乡桃园小学五年级全部的五十一名学生中，成绩最好的是张婷婷。

对，就是前面提到的那个张婷婷，那个和早早一起被"升级"、又一起被常老师特别留下来谈话的张婷婷。假如你记忆力够好的话，一定知道还有一个叫王小娟。

在常笑老师的本子上，早早本来是"二星级"，这学期因为妈妈也出去打工了，于是升成了"四星级"。但是张婷婷和王小娟为什么"升级"呢？又升了几级呢？

先来说说张婷婷吧，张婷婷之所以被"升级"，和早早一样，也是因为妈妈！

不过不是像早早那样因为妈妈刚刚出去挣钱的，张婷婷的妈妈好几年前就出去挣钱了，张婷婷的爸爸一直在家里，所以从前的张婷婷和胡清早一样，在常笑老师的本子上都是"二星级"。

但是今年过年的时候，张婷婷的妈妈没回来。

没回来其实也没什么，以往她也有没回来的时候，都是寄一些钱回来的。

但是今年她也没寄钱。

没寄钱其实也没什么，以往她也有没寄钱的时候，都是打一个电话回来的。

但是今年她也没打电话。

没打电话其实也没什么，因为张婷婷的妈妈有手机，张婷婷家也有电话，一部很漂亮的水红色的电话。你不主动打过来，我就主动打过去。

可糟糕的是，无论是张婷婷的爸爸打，还是张婷婷和她的妹妹张娜娜打，无论是早上打还是晚上打，无论是今天打还是明天打……电话就是没人接。

而更加糟糕的是，据小胡庄上几个和张婷婷妈妈在同一个城市打工的人回来说，张婷婷那个洋气的妈妈（早早曾经在一个寒假里去张婷婷家玩时见过的，真的是太洋气了：头发染得黄黄的，脸蛋抹得白白的，眉毛描得黑黑的，嘴巴涂得红红的，简直就不像一个农村人，也不像一个城里人，而像一个外国人）已经和一个有些钱的小老板在一起生活了……

张婷婷的爸爸一听急坏了，摔碎了家里那个再也无人接听的电话机。

刚过了初一，张婷婷那个急性子的爸爸就去了张婷婷妈妈曾经挣钱的那个城市。

然后呢？张婷婷的爸爸就像在人间蒸发了一样……彻底消失了，不见了，和小胡庄失去联系了。

只留下经常把眼睛哭得又红又肿的张婷婷和张娜娜，还有她们整天唉声叹气的老爷爷……

按照常笑老师给学生分级的标准，张婷婷和早早一样，也应该由"二星级"升为"四星级"，因为她俩虽然爸爸妈妈都不在家，但是分别有一个爷爷和奶奶在家里。但实际上张婷婷却比早早高一级，是级别最高的"五星级"。原因很简单，早早的爸爸妈妈是一起出去挣钱的，而张婷婷的爸爸妈妈却是一个接一个的没了音信。

爸爸妈妈没了音信的孩子，心里一定会更痛苦，也一定更需要老师的关心和关注。

常老师经常找张婷婷谈心，而且常常抽出时间去张婷婷家做家访。可是常老师就算再好也不可能代替张婷婷的爸爸妈妈啊，更不可能让张婷婷变回从前那样。这不，阳历的四月下旬，期中考试的时候，爸爸妈妈失联所带来的影响在张婷婷的成绩上很明显地表现出来了。过去一直是班上尖子生的她，这次只排在中下游。

甚至英语还不及格……

退步的可不仅仅只是一个张婷婷，还有好几个人，包括胡清早。

早早的成绩在班上本来属于中等偏上那一层次的，这次期中考试呢？偏上没有了，直接中等。

不过跟张婷婷比起来，早早的退步还不算很明显。

这当然要感谢常老师。假如没有常老师，没有她陪着自己在深夜里去看水，早早到现在一定还是提心吊胆的呢，更别提安安心心地学习了……

是这样的，要经常在夜里出去给庄稼看水的早早不是很害怕嘛，害怕奶奶说的那个"这世上根本就没有"的东西嘛。可是奶奶说这话时连她自己都哆哆嗦嗦的，所以早早有些不相信。

不相信的早早就问了自己的好朋友小满。

小满就战战兢兢地给早早讲了一件事，一件据说是她爷爷，也就是荣贵爷爷在一个雷暴雨的深夜里亲身经历过的事。事情的结尾是这样的：荣贵爷爷刚刚出了瓜棚的门，就看见远处的瓜田边、一道明晃晃的闪电下，一个黑影嗖地一下钻进了附近的坟地里……

早早听了小满的话，心里的怕就像一颗被扔进了水里的豆子一样，变得越来越大了。

　　大得都快让早早喘不过气来了。

　　喘不过气来的早早就再一次想到了自己的好朋友，同桌的吴圆圆。

　　"没有，当然没有啦，"吴圆圆连想都没想，肯定地对早早说，"只有迷信的人才相信有呢！早早，咱们都已经是五年级的大学生了，咱们要相信科学。"

　　"可是小满说有。"

　　"她凭什么说有？难道她看到过？"

　　"她没看到过，可是她爷爷看到过。"

　　然后，早早就把小满讲的故事又讲给了吴圆圆。

　　吴圆圆听着听着，眼睛一点点睁大了。

　　很明显，吴圆圆也害怕了。

　　如果说早早的害怕像雪，一层又白又厚的雪，那么吴圆圆的害怕，还有之前小满的害怕，就像霜，一层撒在雪上面的霜。

　　所以早早的害怕就更厚了。

　　整个人都有些恍惚了。

　　再加上看水熬了一整夜，困，所以早早在数学课上听着听着就睡着了……更糟的是还大声地说了一句梦话："怕！妈妈，我怕！"

　　同学们一下子都笑开了。

　　但是早早的同桌吴圆圆没有笑，相反还有些难过和愧疚，愧疚自己听课太认真了，连自己的好朋友打盹儿都没发现，更别说及时摇醒了。教数学的王新华王老师也没有笑。王老师是个好老师，很慈祥，在家已经做了爷爷了。王老师感觉这里面一定有原因，但是他自己没有问，而是把这事直接告诉了常笑老师。

王老师眼里，常老师是个大一点儿的小姑娘，胡清早是个小一点儿的小姑娘。一个小一点儿的小姑娘肯定会把自己的秘密告诉另一个大一点儿的小姑娘的。

何况她还是一位非常非常优秀的班主任呢。

可是出乎王老师和常笑老师意料的是，任凭你态度怎么亲昵，声音怎么柔和，胡清早这个平时性格偏内向的孩子就是低着头、红着脸，不说话。

常老师不再追问了。她感觉胡清早这个秘密太大了，自己再怎么追问也休想让她亲口说出来。但是吴圆圆是她的同桌、也是她的好朋友。一个女孩子，特别是一个有些腼腆的女孩子，也许有些不好意思把她内心深处的秘密告诉班主任，但一定不会瞒着自己的好朋友。

事实和常老师想的完全一样，吴圆圆一进办公室，就竹筒倒豆子似的把早早究竟为什么怕、怎么怕、怕什么，以及那个在明晃晃的闪电下嗖地一下从瓜田边钻进了坟地里的黑影，全说了出来……

常老师静静地听着，同时，她脸上的笑容也在一点点地凝固着。当吴圆圆说完的时候，常老师的笑容已经凝固成一块心事重重的薄冰了。

常老师温柔地伸出手，把早早的手握在了她温热的手心里，一边摩挲着一边接着吴圆圆的话轻声说："那应该是个小动物，或者是个偷瓜贼。"

"偷瓜贼胆子这么大？"早早现在已经没有秘密了，那个说起来挺让自己难为情的秘密已经让吴圆圆给说完了。所以现在早早再也不会不好意思说话了。

早早这样前后反差巨大的表现让常老师心里松了一口气，于是，刚才还凝固在她脸上的冰，一下子就全化掉了。

化成荡漾着涟漪的微笑了。

"当然啦！要不怎么会有贼胆包天这个词呢？"她说。

接着，她又说："对了，还有一个词，草木皆兵，知道吗？"

知道，当然知道，而且还知道常老师接下来要说什么。

可是让早早非常吃惊的是，接下来常老师并没有像预料中的那样批评自己迷信，不勇敢。也没有像预料中的那样给自己再一次普及科学知识、讲道理，而是非常肯定地说："早早，你害怕的东西，真的有！"

"真的……有？！"早早眼睛一下就睁大了。

"对，真的有！"常老师一本正经地说，同时腾出一只紧握着早早的手，在早早的脑门子上使劲儿一按，"而且就在这里面！"

早早明白了。

一下子不好意思地笑了。

常老师也笑了。

"不过呢，一个人在一定的环境下，会胡思乱想，会害怕，甚至会恐惧，都是很正常的。我们毕竟生活在这个世界上，我们毕竟听过、看过那么多的传说故事呢，"常老师亲昵地把早早拉进了自己的臂弯里，柔声说，"就像我，我也会。"

"你也会？"

"当然啦，因为我也不是超人和仙女呀！所以，我和你一样，也要变得坚强、变得冷静、变得勇敢起来。"

然后，常老师做了一个决定，一个让早早清亮的大眼睛里涌出了泪花的决定：下一次夜里看水她要跟早早一起去！

她要跟早早一起变勇敢……

9. 黄昏时的买羊人

对于一个馋嘴的孩子来说，一年当中最最快乐的时光肯定是过年了。

因为过年就等于有一顿接一顿吃不完的好吃的。

其实牛羊也有这样的好时光。

牛羊们也会过年。

当然，牛羊们是不可能跟人一起过年的。人的年在冬天的尽头、春天的开头。而牛羊们呢？牛羊们的年要推迟整整一个季节，在春天的尽头、夏天的开头。

在初夏。

因为牛羊们的主食是野草和野菜。而初夏时节的野草和野菜既不像之前那样又瘦又矮，啃起来费劲儿，也不像之后那样又粗又硬，嚼起来费劲儿。

初夏时节的野草和野菜就好像一颗颗长成了野草和野菜模样的浆果，饱满多汁鲜嫩无比、青葱油绿肥美异常……正是一棵野草或者野菜最最美、刚刚好的年纪。

而今年初夏的野草和野菜更加的美好。

因为今年春天缺水，几乎一滴雨也没有下。而现在下了，不但下了，老天好像还怀着一种愧疚和补偿的心态，一场雨刚落没几天，另一场雨接着又落下来……好像要把春天亏欠大地的全部偿还掉。

而河边、荒地、田埂上的婆婆丁、扁扁红、马齿苋、车前草、紫云英、野荞麦……那些有名字或没名字的野草和野菜，当然就长得更高更胖更美了。

因为它们主要就是靠喝水长大的。

而那些嚼了整整一个冬天干草、受了整整一个冬天委屈的牛羊们光靠喝水可不行。那些牛羊们要想长得好，必须要日夜不停地吃，吃那些肥美的野草和野菜。

所以有牛羊的人家，一到初夏会非常的忙。

今年更忙。今年春天缺水，野草和野菜都比往年春天的瘦。牛羊们也顺理成章地比往年的春天瘦，就像一群缺课的小学生。而现在呢，雨水充沛植物茂盛，该是补课的时候了……

早早今年初夏也特别忙。

因为早早家养了三只羊。

三只急需添膘的羊就像三块神奇的、专吸时间的吸铁石，把早早上学、睡觉、吃饭、做作业之外的所有时间全都吸走了。

当然也包括现在，一个星期天的下午……

这是一个很美也很寻常的初夏时节的下午：太阳暖暖地照着，云朵缓缓地飘着；南风微微地吹着，树梢轻轻地摇着；小河哗哗地流着，布谷咕咕地叫着；庄稼悄悄地长着，野花浓浓地香着……像稀疏的星星一样散落在田野上的人们，也都在各自忙着各自的事情。

早早也在忙着自己的事情，带着晚晚在田埂上一边割草一边放羊。

不知不觉之间，早早的篮子就满了，羊的肚子就饱了。

太阳也在不知不觉之间地坠落在西边地平线上。

该回家了。

　　回家的时候，三只吃得饱饱的羊摇摇摆摆地走在了早早和晚晚的前面。这让早早一下子就想到了过年，羊一般都是在过年的时候卖掉的，过年的时候羊最贵。

　　想到了过年，早早很自然地又想到了曾经无数次想到的爸爸妈妈。因为过年了远方的大人就会回来了，爸爸妈妈也一定会回来了……

　　不过这回想到爸爸妈妈，早早的心里有些不一样。

　　早早的心里有些怨。

　　特别是怨妈妈。

　　说起来还跟中午发生的事情有关系。

　　今天中午，早早和奶奶还有晚晚正在吃中饭，三婶，也就是小满的妈妈过来了。

　　"早早，你爸爸来电话了。"三婶的脚还没迈进早早家的院门呢，她的声音倒先冒冒失失地闯进来了。

　　早早连忙丢下手中的碗，忙不迭地往外面跑。

　　同样往外面跑的还有晚晚和点点。

　　假如是在去年，妈妈还没走的时候，听见三婶说爸爸有电话来，她也会忙不迭地往外面跑的。

　　而且每次都跑第一名，都跑在早早、晚晚、点点的最前头。

　　跑去三婶家接电话。

　　因为爸爸每次都会把电话打到他的好朋友、也是和他一样在外面挣钱的三叔家。而且每次爸爸的电话都是分两回打：第一回先请三婶或者小满去喊妈妈。然后爸爸就把电话挂掉了，因为长途太贵了。就算不贵也不能等，因为从小满家到早早家一个来回最快也要花上差不多十分钟。

　　拿着电话等上十分钟？爸爸可没那么傻。

相反，爸爸精明着呢，爸爸通常要等上十五分钟左右，等到十分确定到了小满家，然后才把他的第二回电话打进来……

早早现在之所以丢下饭碗就往外冲，就是以为爸爸马上要打来第二回电话的。

可是还没冲出院门呢，就被三婶给挡住了。

三婶说："早早，你爸是昨天晚饭后打来电话的。你知道的，昨天晚饭后天就下雨了。再说当时天也已经黑透了，所以我就没过来喊你们。"

这太让人失望了。

不，不是失望，而是伤心。

所以当早早和晚晚重新回到堂屋里的时候，连接着吃饭的心情都没有了。

三婶是个大人，当然能看出两个孩子为什么伤心了。三婶说："早早，其实接不接电话都是一样的，因为你爸还有你妈要说的话我一句不落地全记住了：他俩说，之所以到现在才跟你联系，是因为工作才算稳定下来。你爸在一个建筑工地上扎钢筋，你妈就在那个工地的食堂里给工人做饭，而且他俩还有一间很小很小的宿舍可以住。家里的零用钱要是花完了，就从你三婶我手里拿，他俩回来时会一并还给我。你已经十二岁了，已经是一个大姑娘了，也是这个家的小家长，平时除了要把学习搞好之外，一定要尽量照顾好奶奶和弟弟，还有家里的羊和鸡、田里的庄稼……对了，早早，我也把家里的情况都跟你爸说了，我告诉他你和你弟弟、奶奶都很好，田里的庄稼也都很好，我让他们不要牵挂，在外面好好挣钱……"

中午的时候，三婶一口气说完这些话之后，发现早早还是耷拉着脑袋，一副很不开心的样子，就把她开头说的话又强调了一遍："早早，

其实接不接电话真的都是一样的！"

可是，现在事情都过去大半天了，早早想起来还是很难过：接不接电话真的是一样的吗？接电话能听见爸爸和妈妈的声音，不接能吗？接电话能让爸爸妈妈听到自己哭，不接能吗？接电话能问爸爸妈妈好多问题，比如当初为什么要趁夜里偷偷地走？到底去了哪里了？那里距离小胡庄究竟有多远？这么长时间了在外面过得怎么样？究竟都干些什么了？如今工地上的活儿有多累？比在家时累上很多吗？当然最最想问的还是他们到底想不想家？想不想奶奶？想不想自己和晚晚？可是不接能吗？

另外，接电话也可以把好多好多开心的事情告诉他们俩：正月十五看庙会自己不小心"捡到"一个小女孩儿，还得到五十块钱的奖励呢。晚晚现在很懂事，已经会帮奶奶在灶下烧火了。院子里从前大楝树的位置长出了一棵小楝树。现在雨水已经多起来，麦子和油菜不像春天那样需要看水了……对了，当初自己和奶奶还有晚晚一起看水的时候，要多害怕有多害怕呢，不过现在好多了，说起来还要感谢常老师，因为是她陪着自己看水的，也是她让自己变得勇敢了许多的……

可是，可是不接电话能办到吗？

当然，接不上电话一点儿也不能怨三婶，因为三婶对自己一家已经够好的了。

要怨只能怨爸爸妈妈。

特别是妈妈。

太节省了。

"妈妈，咱们家也装一个电话吧，"从前，妈妈还没有出去的时候，早早经常这样跟她说，"那样爸爸想什么时候打电话来就什么时候打电话来。也不用老麻烦三婶一家跑来跑去的。"

你猜妈妈的态度如何？对，拒绝！非常坚决地拒绝！"除了你爸之外，咱们家再没有谁会打电话来。就算你爸也不是常打的，也是个把月才打一次的，为了等你爸个把月一次的几句话，就专门去装一部电话？早早，妈妈还是觉得太浪费了……"

"呜呜呜呜呜呜呜——"早早正沉浸在对妈妈的埋怨里呢，身后的大路上忽然传来一阵摩托车的马达声。

早早连忙拉着晚晚往路边让了让。

走在前头的三只羊，也本能地往路边让了让。

可是这辆摩托车却并没有风一样地刮过去，而是在早早身边停了下来。

"小姑娘，你家的羊要卖吗？"早早正有些疑惑呢，骑在摩托上的人说话了。

早早转过头，看见一个脸又窄又瘦又灰、眼睛又小又圆又亮的中年男人，斜跨在摩托车上。

早早感觉有些怪怪的，当然不是因为他是个买羊的而感觉奇怪，事实上骑着摩托或者开着三轮走村串户买鸡买鸭买狗买羊的贩子多着呢。

而是时间好像有些不对劲儿，因为太阳已经完全落下去了。天很快就会黑下去……还有这个人，这个脸又窄又瘦眼睛又小又亮的人，这个斜跨在摩托车上的人……

"不卖。"早早回答。

"今年羊价特别贵，比以往任何一年入夏的时候都要贵，"瘦子不甘心，"小姑娘，这个时候卖羊很合算，再说了，卖了羊，哪怕就算只卖一只，你放羊和割草的时间也能少些，写作业跟玩儿的时间也能多些，对不对？"

对是对，但是羊绝对不可能在这个时候卖。

更不可能由早早当家做主卖。

早早家的羊都是喂到年关里，由妈妈卖。

"我知道问你没有用，因为你是小孩子，"瘦子说，"这样吧，我跟你一起走，到你家，跟你家大人说说。"

贩子为了挣到钱，买到自己想要的货，也有啰啰唆唆的，但是眼前这个好像有些过分了。

所以早早有些不耐烦地说："你到我家也没有用，我爸爸妈妈都不在家。"

瘦子一点儿也不觉得意外，接着说："我猜都出去打工了。"

早早没吱声。

早早不想再理会这个饶舌的羊贩子了。

早早挎着沉甸甸的塞满了青草的柳编篮子，和弟弟晚晚还有自家小小的羊群一起，离开大路，上了灌溉渠上的水泥桥。

而水泥桥那边就是小胡庄。

"好吧，算了吧，我不去你家了，"瘦子自言自语道，"不过我得趁天没黑到你们庄子上转转看，说不定能遇到谁家要卖羊的。"

说完，瘦子"呸"的一声吐了一口口水，加大油门，一溜烟地窜进了小胡庄的巷道里。

"买羊喽！谁家有羊要卖的？买羊喽！谁家有羊要卖的？"接着，整个小胡庄的上空，都回荡着瘦子尖利的吆喝声。

而当早早领着她小小的队伍抵达家门口时，那尖利的吆喝声也恰好就吆喝到她家门口了。

瘦子再一次停下摩托车。不过这回瘦子不再坚持要早早卖羊了，他忽然变成了一个和气而礼貌的人，满脸堆笑地问："小姑娘，请问你家左面这家有羊吗？"

没有，因为左面是桃桃家。桃桃是一个跟自己差不多大的小姑娘，也曾经是自己的小伙伴、好朋友。不过两年前就被在南方打工的爸爸妈妈接走了。

现在的桃桃家其实根本就不是一个家，而是一把锁，一把在大门上锈了两年的锁。

"右面的这家呢？"瘦子脸上的笑容更多了。

也没有，因为右面是比晚晚只大一岁的强强家。不过强强一点儿也不强，因为强强是个脑瘫的孩子。脑瘫的孩子更需要钱，所以大明叔叔、也就是强强的爸爸也常年在外打工。脑瘫的孩子也更需要人，所以丽兰姑姑、也就是强强的妈妈哪里也不能去，一年到头在家里照顾他。

同样需要丽兰姑姑照顾的还有五奶奶，也就是丽兰姑姑的妈妈。对，没错，大明叔叔是招赘的，也就是人们常说的"上门女婿"。再加上丽兰姑姑怀孕了，现在都能看见肚子了，所以她连田里的庄稼都很难对付，更别提要养羊了……

"好，谢谢你啊小姑娘。"瘦子这样说的同时，竟然下了摩托车，蹲下身子，笑嘻嘻地去逗一直朝他叫个不停的小黑狗点点，好像是要告诉它，其实他并不是什么外人，而是它主人家的一个不常走动的亲戚。

然后，瘦子站起来，跨上他的摩托车，又用他又小又圆又亮的眼睛漫不经心地朝早早家的四周瞟了瞟，这才一加油门，"呜呜呜呜"地飞走了……

吃完晚饭做家务，做完家务做作业……和以往一样，早早家这个夜晚看起来很平常，也很安宁。

　　但是，半夜里，一切都发生了改变。

　　最先发现变化的当然是这个家中最警觉的小黑狗点点。你知道的，狗这种动物有点儿像口香糖，最黏人，每天都跟早早和晚晚形影不离的点点更是这样，简直可以说是一只癞皮狗了，就连睡觉也要趴在床下面……

　　以往，点点像早早和晚晚一样，大都是香喷喷地一觉睡到天亮。偶尔听到远处有谁家的狗"汪"地叫一声，或者有一根枯枝在屋后的杨树上被风"咔嚓"一声吹断了，它也会竖起耳朵，在喉咙里警觉地哼一声，或者干脆也"汪"地叫一声。

　　然后，听听再没什么动静，就把下巴紧贴在地皮上，闭上眼睛，接着睡觉……

　　可是今天点点很反常：先是竖起耳朵，在喉咙里低低地吼一声，然后噌的一下站起来，"汪汪"地喊两声，再然后，竟然像箭一样地冲到门跟前，一边"汪汪汪汪"地咆哮不止，一边用爪子在门板上很凶地又抓又挠……好像屋子里已经着了火，它必须以最快速度把拴在门板上的门栓抽下来……

　　早早当然被惊醒了。

　　还有晚晚。

　　还有奶奶，自从妈妈离开后就一直跟早早和晚晚一床睡的奶奶。

　　同时，外面院子里隐隐约约的羊的"咩咩"声，似有似无的人的走动声，三个人也都听到了。

　　早早本能地去拉电灯绳，然后本能地坐起来，想打开房门出去看一看。

　　但是，就在脚快要穿上鞋子的一瞬间，就在不经意地朝窗户外面望的那一瞬间，早早忽然像一台突然断了电的机器人，手、脚、脖子、腰，一动也不能动了。

眼睛眨也不能眨一下。

嗓子吱也不能吱一声。

早早一下子被吓蒙了……

10. 只要不怕就不会有

发现晚晚生病，是在准备吃晚饭的时候。

以往奶奶做晚饭，早早一般都能帮上忙。有时候甚至不是早早在帮奶奶的忙，而是奶奶在帮早早的忙，因为经过这么多天的锻炼，早早已经完全可以胜任一家三口"主厨"的工作了——除非那天值日。

而今天恰好又轮到早早值日。

早早值日很仔细，不仅扫地、拖地、擦桌子，而且把窗子上的玻璃擦得像根本不存在一样干净。

这当然需要更多的时间。所以，早早急急忙忙回到家的时候，别说要做"主厨"，就连一把火也不用添、一只碗也不用端了，因为饭菜都已经在桌子上整整齐齐地摆好了。

"早早乖，肯定已经饿坏了，赶紧洗手吃饭吧，"奶奶一边给早早端洗脸水，一边这样对早早说，"对了，也该把晚晚喊醒了，他都睡了好大一会儿了。"

这有点儿反常，要知道，晚晚一般都是在中饭之后犯困并自己爬到床上去的，而且会一直睡到早早上下午学的时候。

所以，每天晚饭前后，和每天早饭前后一样，差不多正是晚晚一天中精神头儿最足、也最淘的时候。

淘得有时候都影响到早早做家庭作业了。

对此奶奶的解释：晚晚今天下半天的时候感觉有些不舒服，说头有些疼，自己又爬到床上睡了。

"我还特意给他盖了一床厚一点儿的被子呢！要知道，小孩子头疼脑热八成都是受凉了，厚一点儿的被子能发汗。汗是什么？汗就是身子里的凉气啊，汗出来凉气自然也就跟着出来了，"奶奶说，"现在，晚晚的凉气肯定都出得差不多了，应该全好了……"

可是事实和奶奶想象的完全不一样。晚晚不仅一点儿没好，相反变得更糟了。

"晚晚，晚晚，别睡了，该是吃饭的时候了。"早早轻轻地喊晚晚。

晚晚连哼也不哼一声。

"晚晚，晚晚，今天有韭菜炒鸡蛋，你最爱吃的韭菜炒鸡蛋。"早早轻轻地摇晚晚。

晚晚连动也不动一下。

早早还以为晚晚是在装睡呢。早早干脆俯下身，歪着脑袋，让自己黑黑的、软软的"刷把子"垂下来，一直垂到晚晚的鼻尖上。"刷把子"就是马尾辫。晚晚平时最怕姐姐用她的马尾辫梢扫自己的鼻尖了。

一扫准会痒痒的，而且会接连不断地打喷嚏。

可是今天晚晚一点儿反应也没有。

就像那软软的、茸茸的辫梢并没有扫在他小小的鼻尖上，而是扫在一截与他毫不相干的木头上。

早早有些慌，急忙拽了一下电灯绳。

外面的天就要黑了，屋里光线太暗，早早刚才没有看清晚晚的脸，不过现在看清了：圆圆的、红红的、涨涨的，就像一只红皮子鸡蛋。

而且是一只刚刚煮熟的红皮子鸡蛋。早早下意识地用手在那宽宽的、干干的大脑门上摸一下，手一下子就被烫着了。

早早连忙掀开晚晚身上的厚被子，发现晚晚身上也是干干的、烫

烫的。

早早就更慌了，早早一边使劲儿地晃晚晚，一边大声喊："晚晚，醒醒，快醒醒！"

晚晚醒了。

不过不是真的醒，因为他只是很费劲儿地抬了一下眼子，对着早早瞟一眼，然后一边朦朦胧胧地笑着，一边迷迷糊糊地说："妈……妈妈……你回……回……回家了？"

"晚晚！我不是妈妈，我是早早！我是你姐姐！"早早差不多要急哭了。

"姐……姐姐……妈……妈妈……抱……抱抱我。"晚晚明显烧糊涂了。

不能再等了，必须马上去村里的小诊所。记得以前妈妈在家的时候，有一次自己也这样发高烧，烧得还没有糊涂呢，妈妈都是及时地把自己送到桃园村的小诊所。

"高烧如果不及时退，会把脑子烧坏的。"记得妈妈当时这样说。

早早可不想让晚晚的脑子烧坏掉。

早早先是问奶奶要了一些钱，然后来到床边蹲下身，把晚晚背到了自己的后背上面。

奶奶想跟早早一起去，但是被早早拒绝了。

早早只带上了小黑狗点点。

奶奶的腿脚不好，走路对她来说是一件非常困难的事，更别说现在要一路小跑了。

更何况天已经黑透了，家里还需要有人照看门。

当然，最重要的是，虽说现在天已经黑透了，但是早早的胆子也大了，大到完全可以独自把晚晚背到村里的小诊所……

说起来，除了要感谢常老师，还应该感谢几天之前突然出现的那个人。

那个黄昏时的买羊人。

看到这里，你可能会觉得有些奇怪：感谢常老师是应该的，因为当她知道早早在黑夜里看水害怕时，她做了一个让早早激动得差点儿流泪的决定——陪早早一起看水！

她要和早早一起变勇敢！

事实上她也是这么做的。要不然，早早是绝对不可能变得比从前勇敢的，期末测试成绩也绝对不可能只是退步一点点。

但是，为什么要感谢几天之前出现的那个买羊人呢？

难道买羊人也帮助早早、让她变得更加勇敢一些了吗？

对，没错，他的确让早早变得更勇敢了！

只不过他帮助早早的方式和常老师不一样。常老师是在深夜里陪伴她、鼓励她，买羊人却是在深夜里装神弄鬼地吓唬她……

几天前，就是早早遇到买羊人的那天深夜，早早先是被点点汪汪的叫声惊醒了，然后就听见院子里传出了一阵奇怪的声响。

早早本能地去拉电灯绳。

然后本能地朝窗外看。

可是，就在早早往窗外看的一瞬间，却一下子被吓蒙了……

吓蒙早早的是一张脸。

一张鬼脸。

一张紧贴在外面窗户玻璃上的鬼脸。

一张早早曾经看过的鬼脸。

是的，早早曾经见过。不过上一次看见它的时候早早一点儿也不害怕，相反还感觉非常好玩呢。那时候不像现在这样是半夜里，而是一个大白天；不像现在这样只有三个人，而是密不透风的全是人；不像现在这样冷不丁地紧贴在外面的窗户上，而是很平常地摆放在一个摊位上。

准确地说，是正月十五红集乡庙会的摊位上。

和它一起摆放在摊位上还有关公的红脸、曹操的白脸、孙悟空的猴脸、猪八戒的猪脸……

当然，它也不会像现在这样，对着早早又是吐舌头又是瞪眼睛。

瞪它可怕的眼睛。

又小又圆又亮的眼睛……

瘦子！买羊人！就在看到那两只可怕的眼睛的一瞬间，黄昏时的经历，忽然在被吓成了木头人的早早的头脑里一闪而过。

同时一闪而过的，还有不久前常老师陪自己看水时说过的那句话！

那句早早一辈子也不可能忘记的话！

"只要勇敢就不怕，只要不怕就不会有！"

不知道怎么的，早早身体里僵硬的神经，特别是喉咙里的那根，忽然就像被谁唤醒了一样，接通了电源一样，一下子就苏醒过来了，活络起来了。

"抓贼啊——"早早使了几次劲儿，终于喊出了只有自己能听到的、异常低哑而微弱的第一声。

然后是颤抖而尖细的第二声。

接着就是几乎可以穿透墙壁和屋顶的、甚至可以用声嘶力竭、震耳欲聋来形容的第三声和第四声……

同时响起的还有被吓着的奶奶的求救声。

弟弟晚晚的哭喊声。

小狗点点的狂吠声……

紧贴在窗户玻璃上的鬼脸回头看了一下，又好像侧身听了一下，然后就真的像鬼一样，一下消失了……

早早当然不可能立即追出去。

早早就算再勇敢，也只是一个十二岁的小女孩。

直到院子里出现了手电筒的光束，还有杂乱的脚步声，以及望重爷爷、荣贵爷爷、民宽叔叔、丽兰姑姑、五奶奶、三婶……还有小满、甜甜、大闪、二康、三丫头等众人熟悉的说话声，才战战兢兢地打开门……

然后呢？大家当然是紧攥着镰刀、木棍或者铁锹追出去。

当然是不可能追上的，因为大家还没出庄子呢，就听见庄头的大路上，"呜"地响起了一阵摩托车发动时的马达声。

然后就是一道白光，像天上的扫帚星一样，消失在黑暗的夜里……

不过也不是什么收获都没有。半道上大家捡到了一只羊，一只被牢牢捆住了四蹄、被针织棉帽套住了头的羊。

这也是早早家三只羊中最肥最大的那一只……

一个受过惊吓的人，要么就变得胆小了，要么就变得胆大了。非常值得庆幸的是，早早属于后者。

不信你看，三里多的夜路（桃园村的小诊所就在桃园小学的旁边），早早就像白天上学时一样说走就走过来了，一点儿都不害怕。

虽说椭圆的脸颊上全是汗，连长长的睫毛上也全是汗……浑身上下就像掉进水里一样湿透了，可那并不是因为害怕。

而是因为跑累的。

毕竟，一个十二岁的小姑娘，身体还像一朵小小的花蕾那样单薄。

　　可是让人难过的是，小诊所里没有人，医生去一户人家抢救一个病重的老人了。

　　不知道什么时候能回来……

　　早早知道不能等。

　　因为背上的晚晚就像一块火炭一样热。

　　早早想到了最近的那个邻村的小诊所。

　　虽然那还要走上几里地，虽然那中间还要穿过一片密密的小树林……但是，跟背上火炭一样的弟弟比，这一切真的不算什么了……

11. 手里攥着一把草

小胡庄上一些家境富裕或者特别爱美的婶娘们，脖子上都有一根金项链。有的并不是真的金项链，而是赶集时从地摊上花十块钱买来的假金项链。比如小满的妈妈那根。不过这都无所谓了，因为它们看起来一样好，一样黄亮黄亮的。

就像刚出来的黄月亮。

而当田里青青的麦子也变成金项链和黄月亮那样的颜色时，端午也就准时地到来了。

和过年、八月十五一样，端午也是特别重要的节。尤其对于小孩子。所以按照惯例，桃园小学只上上午半天课，下午放假。

放假干什么?

当然是过节。

早早最先想到的是艾。因为在早早的记忆里，端午节最最重要的东西就是艾，就像八月十五最最重要的东西是月饼。可以这么说，艾就是为端午节而生的，端午节就是为艾准备的。艾如果离开了端午节，活着的意义就好像少了一大块，端午节如果离开了艾，节日的味道和乐趣好像也少了一大块儿。

艾既然这样重要，当然要种一些。早早家的艾种在门前菜园的东南角，它们从早早有记忆时就长在那里了。春天来了发芽，端午到了割下；春天来了再发芽，端午来了再割下……

每年都会割下满满的一大捆儿。

　　今年当然也不例外。

　　而且它的用处也不例外。先在所有的门院子的门、堂屋的门、灶屋的门……甚至还有鸡圈门、羊圈门的门两边，都插上几枝。

　　当然还包括左边的桃桃家的门。

　　前面说了，桃桃是一个跟早早差不多大的小姑娘，和小满一样，也曾经是早早影子一样的小伙伴、好朋友。不过两年前就被在南方打工的爸爸妈妈接走了。现在的桃桃家其实根本就不是一个家，而是一把锁，一把在大门上锈了两年的锁。

　　可是，每年过年的时候，妈妈都会在桃桃家的大门上贴一副大红的对联。每年端午的时候，妈妈也都会在桃桃家的大门两旁插几枝新鲜的艾草。

　　因为这是桃桃妈妈两年前离开家时嘱托的。

　　"他们家又没有人住，为什么还要贴对联和插艾啊？"有一次早早一边帮助妈妈往桃桃家的大门上贴对联，一边忍不住这样问。妈妈想了想之后这样说："对联和艾都是增加喜气和辟邪的。而一间没有人住的空房子，当然就更需要喜气和辟邪啦。"

　　而现在，妈妈出去打工了，早早觉得，给桃桃家的空房子增加一点儿喜气和辟邪的任务，自然而然就应该由自己去完成啦……

　　也许是门太少了，也许是艾太多了，当早早把所有该插的地方都插完之后，艾草还剩下一大半。早早把这一大半中的一大半拿到太阳底下晒，晒干的艾草会散发出一种略带辛辣的、很特别的香气，而恰好这种香气是蚊子、蟑螂、潮虫、蜈蚣这些让人讨厌的家伙最不喜欢的。

　　所以几天之后，早早会像从前妈妈在家时一样，把晒干的艾草铺到睡觉的席子底下去……

现在只剩下几根艾草了。

恰好够煮洗澡水用的。

不过煮洗澡水可不是只用艾草就够了的，因为要煮的水叫百草水，听听，百草水！一百种草煮出来的水……

因为奶奶腿脚不好，妈妈在家的时候，都是她带着早早和晚晚出去采草的。今年妈妈离开了，采草的任务当然就要由早早来完成。

而且当然要带上晚晚。

"晚晚，你知道为什么要煮百草水吗？"早早一边采着各种各样的草，一边这样问晚晚。

晚晚摇摇头。

"这就对了，要是知道了还问你干嘛呢？"早早暗自得意。

"传说每一种草都能治一种病，一百种草当然就能一百种病，所以，端午节这天，小孩子用百草煮出来的百草水洗澡，一年当中就会百病不生，"早早这样教晚晚，"当然啦，也不是真的要采够一百种，只要尽量多采几种就行啦。"

早早的话太一本正经了，而且听起来有些像吹牛，五岁的晚晚明确地表达了他的不相信。

早早当然要让他相信。

早早说："这可不是我说的，是从前，那时候你还没出生呢，一次端午节出来采百草时，妈妈亲口告诉我的。"

也许是因为好多天都没人提起妈妈了，妈妈都成了一个冷不丁儿的称呼了；也许是因为今天过节了，过节让人更想念妈妈了……总之，晚晚听到"妈妈"这两个字之后先是愣了一下，然后就一下扔掉了手里盛满草的小篮子，张大了嘴，哇哇大哭起来。

好像"妈妈"根本就不是两个字，而是两个很突然很响亮的巴掌，狠狠地打在他的脸蛋上。

"不哭，晚晚，不要哭。"早早这样说的同时，眼睛却好像故意和嘴巴对着干似的，淌下一大串眼泪来。

而且越淌越快、越淌越多。

于是姐弟俩一起蹲在田埂上放声大哭。一直哭到都累了，眼里连一滴眼泪也淌不下来了，才拾起篮子回家去。

回到家的时候，奶奶已经在锅里添满了水，而且蛋（通常是鲜鸡蛋和腌鸭蛋）和蒜头也已经洗好下锅了（据说和百草一起煮过的蛋和蒜头也是能祛病消灾的）。早早和晚晚一下子就来了精神，就把刚才还让他们痛哭流涕的妈妈给忘记了，赶紧去洗留下的艾和篮子里的草，然后将它们也通通下到锅里面。

土灶、木柴、猛火，不一会儿锅里就咕嘟嘟地沸腾了。空气中塞满了端午的香，那是蛋香、蒜香和百草的香。

揭开锅，先把蒜头和蛋捞出来。鲜鸡蛋和蒜头凉一凉就可以吃，但是不容易变质的咸鸭蛋先不吃，而是要像装饰品一样挂在脖子上。当然不是直接挂在脖子上，要先装在一个刚好能盛下一只鸭蛋的蛋网里。蛋网是奶奶编织的。你别看奶奶的手又小又糙，上面还长满了黑斑斑，但只要你给她一根稍微长一点儿的粗棉线，再稍微地等上几分钟，她一定会给你变出一个又精巧又好看的蛋网来……

吃完了据说可以祛除百病的端午蒜和端午蛋，再将装了一只同样可以祛除百病的咸鸭蛋的蛋网像项链一样挂在脖子上，就该洗祛除百病的端午澡了。

早早将锅里已经温下来的水和草舀一些倒在澡盆里，然后和奶奶一起吃力地将澡盆抬到了院子中央。没错，最先洗的不是早早，因为

早早是个姑娘家。姑娘家洗澡的时候要在屋子里，而且要牢牢插上门上的栓，除了奶奶和妈妈，就连五岁的弟弟也不许看。

但是对于弟弟晚晚来说，洗个澡就没那么多忌讳了，就是要热热闹闹才好。每年这个时候，都会跑来一群小伙伴围观呢，今年当然也不例外了！

看，小伙伴们早就在院里等着了。甜甜、大闪、二康、三丫头……这些都是跟早早年龄相仿的。豆豆、二闪、三康、小虎子……这些都是跟晚晚年龄相仿的。

他们都在高高兴兴地过节。甜甜的嘴里正吃着蒜，豆豆的手里正剥着蛋，大闪和二闪兄弟俩脖子上各挂着一个沉甸甸的、摇摇晃晃的鸭蛋网……最最积极的是三丫头，不仅换了一件洁白的像婚纱那样漂亮的新连衣裙，而且浑身上下所有的"脖子"上——脚脖子上、手脖子上，还有那个挂了蛋网的脖子上，全都系上绒线了。

她已经被百草水洗过了。

只有洗过澡才能系绒线和换新衣。

新衣当然是几天前从集镇上买来的。早早和晚晚也都有。晚晚的是一件新裤衩和新汗衫，你看，奶奶已经把它们从屋里取出来了，只要晚晚洗好了澡就可以穿。早早的呢？和三丫头一样，也是一件很漂亮的像婚纱那样的连衣裙，只不过不是白色的而是粉红的。

可是和连衣裙不同的是，这个世界上所有绒线的颜色都一样，都是鲜艳的五彩的，就像一道美丽的虹。每年端午节的前几天，集镇上到处都会出现这样的"虹"。更有一些勤快的生意人，会带着他们的"虹"到村庄里来叫着卖。有孩子的人家一定会买一些，因为按照小胡庄上老人们的说法，被百草水洗过的孩子，身上的百病也都被洗掉了。

只留下健康和吉祥了。

只要用五彩绒线给孩子系一下，那健康和吉祥连同这个孩子一起，一整年都不会跑掉……

可是小虎子却好像没过端午节，因为他什么也没有。没有蒜没有蛋没有网没有绒线……甚至连一双新塑料凉鞋也没有，依旧光着两只脏脏的脚丫。

他身上也是脏脏的。脏脏的头发，上面满是泥土；脏脏的脸蛋，上面满是鼻涕；脏脏的衣服，上面满是饭渍；脏脏的皮肤，上面满是灰垢……

这当然不能怪小虎子自己，因为他跟晚晚一般大。要让一个五岁的孩子、而且是一个男孩子把自己收拾得很干净，几乎是一件不可能的事。这当然也不能怪小虎子的爷爷，因为他的眼睛快要因白内障而失明了。要让一个即将失明的、已经七十多岁的老爷爷把他的孙子收拾得很干净，也几乎是一件不可能的事。

要怪只能怪小虎子的妈妈。当初她要是不出去打工就好了，打工要是不给人家当保姆就好了，当保姆要是不拿主人家的钱、玉镯、金佛像、钻石项链逃跑就好了。

那样她就不会在那个遥远的城市坐牢了。

她如果不坐牢，每逢年底还能像往常一样带一点儿或者寄一点儿现金回来补贴家用，那她的丈夫，也就是小虎子的爸爸，也许就会和原来一样安心地呆在小胡庄，而不是像现在这样，跑到很远很远的一个大城市，在一所幼儿园里当保安。

只留下一个只能将就着做熟饭、其他什么也做不了的老头子，和一个只能有一碗将就着吃饱的饭、其他什么也没有的小孩子……

一个什么也没有的小孩子，除非他非常倔强非常拗，一般都会见着什么盯什么。小虎子也不例外。他一会儿盯着甜甜的蒜，一会儿盯着豆豆的蛋，一会儿盯着大闪和二闪兄弟俩的网，一会儿盯着三丫头脖子上彩虹一样漂亮的五彩绒线。

而且，他在盯着绒线的时候，还低头看了看自己空空的手脖子。他在盯着蛋和蒜的时候，嘴巴还不争气地咂吧了一下，同时流出好长的一串口水来。

好多孩子都看见了，而且哈哈哈哈地笑出了声。

笑声惊动了正在帮晚晚洗澡的早早，还有正在为晚晚整理新裤衩、新汗衫和绒线的奶奶。奶奶抬头看了一下小虎子，然后赶紧停下手里的活儿，跑到灶屋里，拿来几头蒜和一只蛋。

"慢点儿吃，别噎着。"奶奶好像知道接下来会发生什么，特意这样嘱咐小虎子。可是小虎子好像根本没听见，拿到手就狼吞虎咽地吃起来。

因为速度太快，再加上蛋黄本来就噎人，所以他真的一下子就被噎住了。噎得眼白都翻出来了，噎得眼泪都流下来了。幸亏三丫头跑到缸里舀来一碗水，甜甜又在他后背上使劲儿地拍了几下，才帮他把卡在嗓子里的蛋和蒜咽下去。

然后呢，他悄悄地在澡盆边蹲下来，瞪着一双还闪着泪花的眼，直愣愣地看着早早用盆里煮熟的艾叶和草叶往晚晚的身上擦。

"小虎子，你是不是也想洗洗澡？"早早问。

"对，他就是想洗澡！刚才看我洗澡时他就想洗了，还把手插进澡盆里去了呢！"大闪忙不迭地说。

"也把手插进我的澡盆里了！还偷偷抓了一把草！幸亏被我看见了！"三康也忙不迭地说。

小虎子有些害羞地垂下了脑袋。

"小虎子，等晚晚洗好了，你也在盆里洗一下。"早早说。

奶奶也很赞成："对，小虎子，让早早姐姐给你也洗一下。"

出人意料的是，这回小虎子并没有像刚才对待蒜和蛋那样不客气，而是坚决地摇了几下头。

然后，他往奶奶跟前蹭了蹭，一边看奶奶用剪刀把绕在线管上的绒线剪成一段段，一边可怜巴巴地叫了一声"三奶奶"（小胡庄的孩子都管早早的奶奶叫三奶奶）。

所有在场的小孩子都看出小虎子的心思了，更何况是六十多岁的奶奶呢，奶奶从那些剪好的绒线里理出一根长的，又理出四根短的。

长的是系在脖子上的，短的是系在手脖子和脚脖子上的。

可是小虎子偏偏不让系。

小虎子攥着那五根彩色的线，一溜烟地跑掉了……

过了好大一会儿。那时候早早已经在屋子里洗过澡了，也已经换上新买的粉红色的连衣裙了，正准备往脖子上系绒线呢，忽然听见外面隐隐约约的嘈杂声，好像还夹杂着哭喊声和呼救声。

早早急忙打开门，发现奶奶、晚晚还有小黑狗点点，也都睁大眼睛，竖着耳朵，辨别那声音的方向呢。

是从小胡汪方向传来的！

没错，就是从小胡汪方向传来的！

早早来不及等奶奶，拉着晚晚还有小黑狗点点飞一般地向着嘈杂的地方赶过去……

赶到的时候，看见小胡庄上有限的几个壮劳力，包括民宽叔叔都在水里面捞，好多老人和孩子都在汪边哭。

其中小虎子那个眼睛快要看不见的爷爷蹲在地上对着一摊脏兮兮的衣服哭得最凶。

那是小虎子的裤衩和汗衫。

早早刚才还看到的。

而且，在那裤衩和汗衫上，还整整齐齐地摆放着一长四短五根绒线。因为裤衩和汗衫太脏了，脏得像一团灰色的云，所以那些绒线看起来就更像是雨后天空中一道道鲜艳而美丽的彩虹了……

人很快就摸到了。

身上赤条条的什么也没有。

除了手里紧紧攥着的一把草。

一把碧绿的各种各样的草。

12. 最想说的

端午就像一扇门，一扇由闲入忙的门。一旦推开这扇门，遍地金黄的麦子和油菜用不上两三天就像火烤一样全干透了。

就必须马上收割了。

桃园小学为期一周的夏忙假也该开始了。

小胡庄上一些在外挣钱的大人们，特别是一些身强力壮的爸爸们，也该陆续回来了。

不过早早的爸爸却从来没回来过，因为早早有一个能干的妈妈。早早的妈妈的确是太能干了，差不多是小胡庄上最最能干的妈妈了。她的脑子里整天想的好像只有四个字：勤劳致富。所以她不仅身上有一股使不完的劲儿，而且心里好像也有一团烧不尽的火。干起活儿来就像老鹰捉小鸡，又急又快又利索。特别是在农忙的时候，她好像简直就不是一个妈妈，而是一台机器。除草的时候她就是一台除草机，播种的时候她就是一台播种机，插秧的时候她就是一台插秧机，收割的时候她就是一台收割机……

而现在，这台叫作妈妈的收割机，还有那个只会在过年时才回来的爸爸，都在很远很远的城市里。

可是麦子和油菜可不能跟着他们一起进城去。它们还像原来一样老老实实地环绕着小胡庄。如果在该收的时候不收它，它脆生生的穗子或荚子马上就断掉了，就炸开了，就散落到脚下的土里了……最糟糕的是遇上连续的阴雨，坚持不了几天，它们就霉烂了，就出芽了，就变成一地什么用也没有的麦苗和菜苗了。

所以，早早有足够的理由相信：妈妈和爸爸，会回来一个。

当然，最好是能像电视机里唱的那样，夫妻双双把家还……

然而让人伤心的是，他们不回来了！

一个也不回来了！

只回来一个电话！

一个遥控指挥的电话……

那天，早早正带着弟弟晚晚在村口玩儿（早早最近常常带着晚晚在村口玩儿，当然还有小胡庄的很多孩子，也都喜欢在村口玩儿，因为冷不丁地就能看到一个爸爸或者妈妈背着背包从路的尽头走过来），忽然看见小满气喘吁吁地跑了过来。

小满当然不是来等爸爸的，因为三叔已经给三婶来过电话了，说今年麦口和往年麦口时一样，他不回来了。

小满是来喊早早的："早……早！"小满跑得真是太快了，连说话都断断续续的，"快……快……快……快！"

"怎么了？"早早一下子有些蒙。

"你……"小满这样说着的时候，发现旁边的晚晚正在昂着脖子好奇地听，忽然一下子就不说了。

而是悄悄地把晚晚拉到了一边。

然后才偷偷摸摸地在早早的耳边小声说："你妈妈打来电话了！"

啊，妈妈打来电话了！妈妈终于打来电话了！早早心里一高兴，差一点儿跳起来。

但是被小满及时阻止了："千万不能让晚晚知道了！"

为什么啊？应该让弟弟知道才对啊！应该让弟弟高兴才对啊！

　　"才不是像你想的那样呢，"小满纠正早早说，"晚晚不是你，晚晚还小，不懂事，他拿起电话肯定会哭，还肯定会一个劲儿地让爸爸妈妈现在就回家。那样不仅什么正事也说不了，而且还会白白地惹得大家都伤心。"

　　小满顿了一下，补充道："这可不是我说的，这是你妈妈刚才特别交代的。"

　　妈妈的心真是太细了。

　　只要认真地想一下，就会知道那是一定的。

　　"晚晚，小满姐姐有一道作业题不会做，我要去她家帮帮她，"早早对晚晚撒谎说，"你在这里跟大家一起玩，我过不了多会儿就回来。"

　　晚晚到底是一个很好骗的小孩子，非常干脆地答应了。

　　早早又嘱咐几个大一点儿的小孩子，请他们别让晚晚离群了。然后，才一把拽起小满，一溜烟地跑起来。

　　点点也风一样地跑起来。

　　好像是一匹小小的黑骏马。

　　可是，不知道是因为妈妈太会算计了，担心打早了，人没到浪费一次电话费，还是因为自己心情太急了，太想听到妈妈的声音了。总之，早早趴在那部水红色的电话机跟前盯着它好久好久，简直比一辈子还要久，它才突然叮铃铃地响起来。

　　早早急忙抓起来。因为过分激动，她把电话都拿倒了，幸亏旁边的小满及时帮她调一下。

　　"早早，我是妈妈。"电话里熟悉的声音传来。

　　哦，妈妈，半夜里偷偷溜掉的妈妈，半年来日思夜想的妈妈……早早现在多么想狠狠地、好好地喊几声好久都没有喊过的妈妈啊，可不知道是因为心里太委屈了，还是心情太激动了，发出的却是低低的抽泣声。

"早早，是不是想我和爸爸了？"妈妈在那边柔声地说。

"嗯。"

"我和爸爸也想你，想你们。"

早早的抽泣声提高了。

"别哭了，早早，你听我说，"妈妈的声音忽然不柔了，变得稍稍有一些硬，"如果我和你爸爸回家去，一家人天天呆一起，那就谁也用不着想谁了。可是早早，光指望那几亩地能挣多点儿钱？没有钱还拿什么去买化肥、农药、籽种呢？拿什么去买油盐酱醋还有给你奶奶治病的药片呢？拿什么去人情来往、置办年货、还盖房子拉下的欠账呢？最最重要的是将来，拿什么来给你奶奶养老送终呢？拿什么去供你跟晚晚读中学和大学呢？拿什么去给你办嫁妆呢？拿什么去给你弟弟买房子、娶媳妇呢……"

早早已经是个懂事的大孩子了，已经能明白大人的苦心了。

所以早早的抽泣声彻底止住了。

妈妈一看早早的情绪平稳了，赶紧在电话里说正事。都浪费好几分钟长途了，还一点儿正事都没说呢，妈妈都快急死了。

所以妈妈的语速非常快。

妈妈是个有一定文化的初中毕业生，而且语言表达能力很不错，所以即便她说的语速快，内容多，早早还是全都记住了。

很清楚，主要有这么几条：

一，他俩一个也不回来了。主要是回来不合算，两个人来去的路费再加上耽误的工时，足足可以抵上两亩麦子了。

二，大明叔叔带钱回来了。前面说了，大明叔叔就是早早家右面的邻居，也是脑瘫儿强强的爸爸。从前，大明叔叔和早早的爸爸一样，一般农忙时节是不回来的，因为丽兰姑姑没出去。丽兰姑姑和早早的妈妈一样能干，一个人完全可以对付田里的那些活儿。可是今年的情况不一样了：丽兰姑姑在过年期间怀孕了，而且现在已经怀孕整整五个多月了，已经能看到鼓起的肚子了。很显然她再不能干农忙时节那些能累死人的重活儿了，所以大明叔叔就只好回来了。恰好，大明叔叔和早早的爸爸妈妈在一个城市干活挣钱，早早的爸爸经常跟大明叔叔在一块儿喝酒聊天，所以早早的爸爸妈妈一听说大明叔叔要回来，赶紧让他捎上一些钱，还有一些那个城市的好吃的。当然了，大明叔叔现在还在路上呢，早早还没有收到呢。

三，今年收麦的事情交给民宽叔叔。民宽叔叔是大能人，也是小胡庄上有限的几个壮劳力之一，在前面的故事里他曾在端午节打捞过溺水的小虎子，在半夜里帮早早家追赶过装神弄鬼的偷羊贼，在干旱少雨的春天里用他的那台抽水机浇灌过小胡庄如饥似渴的庄稼地（当然是按亩数收费的）。不过，假如你认为这个叫作胡民宽的中年农民家里只有一台抽水机，那么你可就大错特错了。胡民宽家里还有很多机：磨米机、磨面机、播种机、插秧机、拖拉机、收割机……与这些机对应的，是胡民宽家里还有很多田，足足将近五十亩！当然不可能都是胡民宽自己的，因为就像小胡庄上所有农民一样，胡民宽当初只分到几亩责任田。可是后来随着小胡庄上外出挣钱的人越来越多，顾不上自家责任田的人也越来越多。顾不上怎么办？转让给大能人胡民宽啊，不仅不会抛荒，还能有一些收入呢（比如早早左面的桃桃家，所有地都转让给民宽叔叔了）。

可是胡民宽还有他的那些机器胃口太大了，五十亩的责任田根本就不够吃。所以农忙时节，胡民宽常常会开着自家的机器帮别人收割播种。费用当然和浇水一样，也是按亩数收取的。

以前，妈妈在家的时候，民宽叔叔很难从早早家挣到一分钱。因为早早的妈妈太能干了，最高的纪录是一天整整割两亩的麦子、插一亩多的秧……不过今年不行了，今年必须要让胡民宽还有他的机器挣钱了，当然，他们已经给胡民宽打过电话了。

四，插秧的事情也交给民宽叔叔。这样说好像有些不对，其实是早早的爸爸妈妈已经将家里那几亩适合栽水稻的责任田，彻底转包给胡民宽了。而且他们在电话里也已经跟胡民宽说得一清二楚了。只留下两亩种玉米和豆子的旱田地。

豆子和玉米种的时候不用太赶，收的时候也不用太急，中间也不用经常施肥和打农药，只要经常锄锄杂草就行了。而且也不像稻子受天气的影响比较大，劳动量相对少很多。这样早早的奶奶和早早身上的负担能减轻一大块。

五，要懂事，要好好学习，同时要照顾好弟弟和奶奶。

六，平时他们会打电话给三婶。不一定让早早去接，因为总麻烦三婶跑来跑去的过意不去，只要问问她家里的情况就行了。

七，他们过年肯定会回来的，而且一定会带回比往年更多的钱和好吃的。还要给家里装一部像小满家那样漂亮的电话机，一部什么时候想就什么时候打的电话机……对了，也很可能是一个可以随时拿在手里的手机。

毕竟，现在手机已经很普遍了……

"早早，我的话你都听明白了？"妈妈一口气说完这些之后，在电话那头歇了也就一秒钟吧，说出了她今天想说的最后一句话，"听明白我就挂掉了，这是长途，太贵了，一分钟差不多能抵上一只鸡蛋了。"

可是早早肚子里的话实在是太多太多了。

多得能抵上一篮子鸡蛋！

不，是满满的一大筐鸡蛋！

可是到现在为止，除了不停地"嗯"，早早几乎没说什么话。别说一只鸡蛋了，就连一根鸡毛也抵不上！

所以早早舍不得挂电话。

早早在嗓子里嗫嚅道："妈……妈妈。"

"有话你就说吧，快点儿。"妈妈在那边明显有些焦急了。

妈妈的焦急让早早有点儿慌。

早早一慌，肚子里想好的那些话也慌了，一下子失去秩序了，它们齐刷刷地全往早早的嗓子眼儿里挤，这和下课之后同学们全朝门跟前挤是一样的。

最先挤出门的肯定是跑得最快的同学。

同样，最先挤出嗓门的肯定是最想说的那件事。

是的，这件事在早早的心里憋了几天了，都快把早早憋出病来了。

因为这是一件最让早早伤心的事。

也是最让早早内疚的事。当初如果不让他跑掉就好了，如果硬把他按在盆里洗一洗就好了。

也许就不会发生后来的事情了。

所以，早早说出的第一句话是："妈妈，小虎子……小虎子……"

可是，早早说不下去了。

早早已经呜呜地哭出声来了……

13. 这个问题太难了

　　大明叔叔很快就回来了。他像妈妈在电话里说的那样，不仅捎回来一包新衣服、一包远方那个城市里的好吃的，还捎回来整整两千块钱。

　　这钱一部分留作家用，另外的那部分、差不多将近一半的那部分，当然要留给民宽叔叔和他的点钞机。

　　对，就是点钞机！而且还不止一台点钞机！按照小胡庄上那些充满羡慕甚至妒忌的大人们的说法，胡民宽家的那些机，那些抽水机、施肥机、磨米机、磨面机、播种机、插秧机、拖拉机、收割机……统统都是点钞机。

　　只要这些机器"突突突突"地一响起来，那些红红绿绿、大大小小的钞票，就全都"哗哗哗哗"地流进胡民宽的腰包了……

　　可是，钞票从来都不是自己从天上掉进胡民宽的腰包的，就像胡民宽家的那些机子也从来都不是自己可以干活儿的一样。胡民宽必须发动它，胡民宽必须照料它，胡民宽必须驾驶它。

　　一时一刻也离不开。

　　或者说，胡民宽的那些机器其实就是胡民宽的影子。

　　甚至比影子还亲密——比如最近，连月亮都不知躲哪里去了的后半夜，胡民宽那明显有些累弯了的影子都离开胡民宽了，都不知道跑到哪里睡觉去了。可是胡民宽本人呢？依旧驾驶着他的大型联合收割机，马不停蹄地奔波在无边而漆黑的田野上……

农谚说"蚕老一时，麦熟一晌"，麦子从快熟到完全熟透只要一个晌午，必须抓紧抢收才能保证颗粒归仓。

而电视里的预报说，大概一个星期之后，晴天就该结束了，就要迎来一场连续几天的降雨了。

所以又勤快、又能吃苦、又想趁机多挣一些钱的胡民宽，理所当然要和他的收割机一道没日没夜地忙活……

早早也要没日没夜地忙。

当然还有奶奶和晚晚，甚至连小黑狗点点也整天跟着忙前忙后的，看上去也快要忙坏了。

首先要忙的是油菜。民宽叔叔的收割机就算再厉害，它也没本事收油菜。油菜必须用镰刀一棵一棵地割，割下来之后再用车子一趟一趟地拉到院子里晒，晒干了之后再用棍子一下一下地捶。事实上，早在端午节的前几天，油菜田就已经先麦田一步陆陆续续地变黄了，早早家也就像小胡庄上所有人家一样忙开了。

只是今年妈妈不在家，所以忙到现在还没忙完。

其次要忙的当然是麦子。民宽叔叔的大型联合收割机可以大口大口地把麦子吞进去，也可以把麦草大口大口地吐出来，但是留在机肚里的那些麦粒呢？必须一口袋一口袋地装起来，再一口袋一口袋地拖回去。

等着民宽叔叔收割的麦田可多着呢，轮到的时候完全可能是烈日如火的大晌午，或者是连青蛙也懒得叫一声的后半夜……

因为出力流汗、吃不及时睡不安稳，再加上白天太阳晒、夜里露水打的缘故，早早很快就变黑变瘦了。

奶奶也是，晚晚也是。

小胡庄上所有人都是。

麦口麦口，累得像狗；农忙农忙，累得喊娘。小胡庄人向来都爱这样说。但是事实上，一个人即便再苦再累，也不会真的喊娘的。

哪怕是一个小孩子。

可是那天黄昏，天就要黑的时候，一个穿着破旧的保安服装、正用平板车往家里拉麦子的大男人，拉着拉着，忽然将车子丢开了，一屁股蹲在地上，"妈啊妈啊"地嚎啕大哭起来……

是的，他不是别人，正是小虎子的爸爸、远在大城市里给一家幼儿园当保安的福根叔叔。

事实上，他原本计划端午节之前就到家的，回家陪着小虎子一起过节并准备农忙，连火车票都买好了。不巧的是，一天幼儿园正放学，孩子们正排着整齐的队伍往门外走的时候，一辆失控的摩托车像野马一般冲过来！径直地朝着孩子们的队伍中间冲！

福根叔叔想都没想一下就迎着摩托车扑过去！

摩托车在距离队伍几步之外的地方被扑倒了！

福根叔叔也倒了！

幸好身上只是蹭出了几块鲜血淋漓的皮外伤！

但福根叔叔回家的计划只好推迟了……

"奶奶，要是福根叔叔没受伤就好了，他就能早点儿到家了，那样小虎子也就不会出事了。"早早哭着对奶奶说。

奶奶也是哭着的。

奶奶浑浊的眼里全是泪，还有眼底下深深的皱纹里也全是泪。

奶奶、早早、还有正带着点点疯跑着的晚晚就在嚎啕大哭的福根叔叔的不远处，正等着民宽叔叔把他的联合收割机开进自家地里来。

福根叔叔的哭声是那样的悲伤啊，别说是奶奶和早早，就算是地上的那些草，听了也会泣不成声的。看，草尖上那些刚挂上去的晶莹的露，应该是它们心底涌出来的泪水吧……

"唉——城里那么多的小孩子你都保住了，怎么就不能保住自家的这一个呢？"奶奶掀起衣襟擦了擦泪，自言自语地埋怨道，"老天，可见有时候你也是不讲良心的！"

早早当然不可能怪老天。

应该怪人。

包括自己。

早早觉得自己也是有责任的，心里一直在为这件事内疚着。

"奶奶，那天我要是把小虎子按在盆里洗干净就好了，"早早这样说的时候，又难过地抽泣起来了，"那样他就不会偷偷拿着草下到汪里了。"

"傻丫头，他又不是碗、筷子、脏衣服，能够随便让你往盆里按，"奶奶一把将早早拉过来，用粗糙的手抹着早早脸上的泪，"他是一个活蹦乱跳的小孩子，还是个小小子，跟晚晚一样，都五岁了，也知道一点儿孬好了……何况那天有一大群小小子跟小丫头，他八成是怕人笑话呢。"

早早的眼泪还往下淌。

奶奶张口想说什么，却又不知道该怎么说，恰好，晚晚追着点点回来了。

奶奶一把将晚晚拉过来，问道："晚晚乖，奶奶问你一句话，你要是跑到……对，要是跑到小满姐姐家，小满姐姐要是叫你把衣服脱下来，她来帮你洗洗澡，你愿意还是不愿意？"

"不！"晚晚连想都没想一下，就这样坚决地拒绝了。

"晚晚乖，告诉奶奶为什么？"

晚晚歪着头想了好一会儿，然后回答："就不！"

"早早乖，你听见没？从今往后啊，你就别在心里为这事恼自己了。这事说起来一点儿也不怨你。"

早早觉得自己那个打了儿大的心结松开了。

心里也一下子轻多了。

可是早早还是不明白，早早说："奶奶，你说那该怨谁呢？怨小虎子自己吗？"

"不怨。他还是个小孩子。"

"怨永乐爷爷吗？"

"不怨。他老了，眼睛也快看不见了。他连自己都照看不好，更别说照看好孙子了。"

"怨福根叔叔吗？"

"不怨。别人都出去挣钱了，他在家里也呆不住。"

"怨红花婶婶吗？"

奶奶想了一下，恶狠狠地说："怨！就怨那个贼女人！在家的时候就没出息，就眼馋别人家的东西，别人家的凉水她也要多喝两口才舒坦！"

然后，奶奶又深深地叹了口气："在小胡庄那会儿，她也就是扭人家个瓜啊、薅人家两头蒜啊、掰人家几穗玉米啊什么的，顶多顶多，也就是到别人家的鸡窝里摸两只鸡蛋……唉，要是不出去就好了，就不会去吃牢饭了。"

奶奶眯着她昏花的眼，往远远近近的麦田里看了看，自言自语道："除了民宽这样的能干的人，其他但凡身上有一把力气的，胳膊跟腿好使点儿的，都逃荒一样地出去了，就留下咱们这些老弱病残跟没人疼的孩子了。"

　　奶奶这样说着，忽然变得很难过很难过，以至于眼窝子再一次湿润了。

　　早早赶紧懂事地挨过去，一边帮奶奶捶着她那条有病的腿，一边用从妈妈那里听来的话安慰她："奶奶，那可不是逃荒，那是出去挣钱。就像妈妈说的那样，光指望那几亩地能挣多点儿钱？"

　　"钱、钱、钱、钱！依我看啊，现在的人把钱看得比自己的亲娘老子还金贵！比自己的孩子还金贵！比自己的命还金贵！"一向好脾气的奶奶忽然生气了，就像一个平时挺乖的小孩子，忽然变得蛮不讲理起来。

　　这让早早更难受了。奶奶之所以会生气，肯定是因为最近农活儿太多了。割油菜、打油菜、拉麦子、晒麦子……一下子把奶奶累坏了。

　　于是早早一边加大了手上捶腿的劲儿，一边继续拿妈妈安慰自己的话来安慰她："奶奶，没有钱还拿什么去买化肥、农药、籽种呢？拿什么去买油盐酱醋还有给你治病的药片呢？拿什么去人情来往、置办年货、还盖房子拉下的欠账呢？最重要的是将来，拿什么来给奶奶你养老呢？拿什么去供我跟晚晚读中学和大学呢？拿什么去给弟弟买房子、娶媳妇呢？"

　　是的，你已经看出来了，早早将妈妈的原话适当修改了一下，减去了将来给自己办嫁妆的话，同时又减去了给奶奶养老送终当中"送终"那两个字。毕竟，早早是十二岁的女孩子家，早就知道害羞和孬好了……

　　奶奶听了真的就一下子消气了。特别是早早说的那句要给她养老的话，都快让她破涕为笑了，她一把抓起早早那双正在捶腿的小手，一边轻轻地揉搓着，一边动情地说："早早乖，知道要给奶奶养老……我看啊，比你爸爸妈妈还要强。"

　　早早听了赶紧对奶奶说："奶奶，我刚才跟你说的那些话，其实都不是我说的。"

"不是你说的？"

"对，不是我说的，是我妈妈说的，我妈妈在电话里对我说的！"

"哦……翠霞说得有道理，过日子处处离不开钱……他们也不想扔下咱……"

过了一会儿，奶奶忽然有些难为情地说："早早乖，奶奶心里有些事，想了不知有多少遍了，就是想不出个子丑寅卯来。"

"奶奶你说，我看能不能帮你一起想一想。"早早一下子就好奇了。

"城里哪来那么多钱呢？城里也没有一块田，也不种一棵麦子、也不栽一棵水稻、也不点一粒豆子……也不喂一口猪、也不放一只羊、也不养一条鱼……"

早早有些蒙。

早早认真地想了一下，更蒙。

"还有，为什么咱农村老是要把最好的东西都送到城里去？记得从前，奶奶还年轻那会儿，还是"大集体"（70 年代末期，为解决知青就业问题，创办的一种企业形式）那会儿，田里长出的最好的麦子跟水稻，菜地长出的最好的土豆跟洋葱，塘里长出的最好的鱼虾跟莲藕，圈里长出的最好的肥猪跟山羊……还有最白的棉花、最红的苹果、最鲜的蘑菇、最圆的大豆……还有花生、芝麻、鸡蛋、蚕茧这些稀罕物，统统都留给城里了……剩下的，大多是些粗的、小的、陈的、瘪的、瘦的、烂的……现在呢？现在倒好，干脆连最好的人都留给城里了！"

"最好的人都留给城里了？"

"是啊，那些如花似玉的大姑娘跟小伙子，还有你爸爸妈妈这样身强力壮的劳动力，凡是脑筋跟手脚好使的，有几个能老老实实呆在家里面？全都一窝蜂似的跑到城里了！剩下的大多都是老的小的、病的残的了！"

　　说到这儿，奶奶又望了一眼福根叔叔——此时他已经哭完了，又站起来拉着麦子上路了——很是伤心地说："早早乖，你跟奶奶说一说，咱农村是不是生来就亏欠城里的？"

　　早早不知道。
　　因为对于十二岁的早早来说，这个问题太难了。
　　早早只好紧紧地依偎着奶奶，伤心而沉默地陪着她，陪着她一起目送福根叔叔步履蹒跚地消失在远处浓雾一般的暮霭里。

14. 换一只小狗熊

　　麦子快收完的时候，为期一周的夏忙假也该画上句号了。

　　早早要重新背起书包上学了。

　　就在早早重新上学的第三天，一个对孩子来说非常非常重要的节日，也是一个专门给孩子过的节日——儿童节，到来了……

　　儿童节这天早上，早早像停留在院墙上的那只认认真真梳理羽毛的喜鹊一样，也认认真真地把自己打扮了一下。平时舍不得穿的粉红色的像婚纱一样漂亮的连衣裙，也是为端午节而买的新衣服，今天是第二次穿上身。和天一样蓝，和刚冒出的草尖一样新的帆布鞋，也是不久前妈妈刚托大明叔叔带回来的，今天才第一次上脚呢。像南瓜花一样金黄的发箍，上面还点缀着一个逼真的、眼看着就要飞起来的黑色蝴蝶结，同样是不久前妈妈刚托大明叔叔带回来的，今天也是第一次才用呢。

　　早早今天洗脸洗得特别认真，刷牙刷得特别仔细……还特意照了两次平时很少会想起来照的小镜子……

　　"同学们，明天是我们自己的节日，而且会有好多活动。上午学校要组织我们到乡里大会堂去看电影，下午还会有几个客人到我们桃园小学来慰问……说不定还会有人拍照呢……所以，请大家明天穿得比平时漂亮些，打扮得比平时干净些，好不好？"昨天下午放学之前，常笑老师这样动员道。

　　"好!"同学们说。

　　不,不应该是"说",而是"喊",你看,有好多男同学脖子上的青筋都喊出来了。

　　因为大家太激动了。

　　早早当然也说好了。

　　何止是好啊,简直是好到不能再好了,特别是到乡里的大会堂看电影。早早长到这么大,只在以前跟妈妈赶集的时候从外面看到过红集乡的大会堂,都没进去过,更别说在里面看一场很久都没看过的电影了……

　　不过再好也不能跟晚晚说!就算跟小狗点点说也不能跟他说!因为他也一样很久很久没看过电影了。假如他听说有一场电影可以看,一定会像尾巴一样紧跟着自己的。

　　可这又不是赶集、逛庙会,怎么可以随便带一个尾巴呢?

　　糟糕,真的太糟糕了!

　　这事到底还是让晚晚给知道了!

　　说起来还是怪奶奶。千不该万不该,她不该在早早快要出门的时候塞给早早几块钱,还大声地说:"早早乖,看电影的时候买瓜子嗑,记得从前你爸还小的时候,小胡庄上放电影,他最喜欢一边看电影一边嗑瓜子了。"

　　"奶奶,你千万别让晚晚知道看电影这事啊。"昨天晚上,早早还特意这样偷偷交代奶奶,"嗯,不会的,我肯定会瞒得紧紧的。"奶奶也这样偷偷地保证了。

　　事实上奶奶也这样做了。尽量不提看电影的事,实在要提的时候(比如问早早看完电影怎么吃饭呢),她都要把晚晚支开,而且会把声音压得低低的。

可是谁能想到呢，眼看就要成功了，奶奶的警惕性却放松了！

而放松警惕的直接后果，就是让晚晚变成了一块狗皮膏药，一下子就把早早给死死地黏住了！

"姐姐，我要跟你一起去看电影！"

"这是学校组织的活动……对，就像学校开运动会，弟弟妹妹肯定是不能参加的。"

"能嘛！"

"假如我随便带你去，老师和校长一定会批评我的。"

"不批评！"

"看电影是一人发一张票，没票不能进会堂。"

"能进去！"

"大会堂还在集镇上呢，还要排着队走去呢。"

"我跟着姐姐一起走！"

"明年你就六岁了，就能报名上一年级了。等你上了一年级，再等到六一儿童节，你就能像姐姐一样去看电影了。"

"不，我就要今天跟你一起去看电影！"

"晚晚乖，别再缠着姐姐了，你要是再这样缠下去，姐姐的那些老师啊同学啊就全走了，就只剩下你姐姐了。"奶奶也急忙过来劝晚晚。

可是晚晚不听，依旧执拗地拽着姐姐的手。

假如再这么拽下去，奶奶的话百分之一百会变成现实的。

那样早早的电影就真的看不成了。

愉快的节日也就泡汤了。

可是没有说服晚晚放手的办法啊。而且早早是一个心软的好姐姐，挣开弟弟一个人跑，扔下弟弟一个人哭的事情她无论如何也不忍心做。

所以，心里委屈又难过的早早，哇的一声就大哭起来了。

晚晚一看姐姐哭，竟然一下子变乖了。他不仅松开了紧紧拽住姐姐的手，而且一边帮姐姐擦眼泪一边说："姐姐，别哭了，我不跟你去看电影了，你看完回来讲给我听听就行了……"

今天放映的是一部非常神奇的战争片，关于抗日的。

为什么非常神奇呢？

因为电影里的叔叔能用手榴弹炸飞机。当然不是停在地上的飞机，那太平常不过了，而是正在天上飞的飞机。你看，那架画着太阳旗的飞机飞过来了！那个受伤的八路军叔叔，山一样地又站立起来！然后把手榴弹的引绳一拽，再猛地冲空中一甩，轰隆隆，竟然把鬼子的飞机给炸掉了……

真的是太可惜了。

晚晚没有来。

如果真的可以把晚晚带来就好了。

因为，到现在为止，晚晚只知道用手榴弹可以炸掉地上的飞机，至于炸掉天上的飞机，他看到了还不知道会高兴成什么模样呢……

当然，战斗以我方完胜结束了！

电影也该结束了。

该吃晌饭了。

晌饭是学校统一安排在集镇上的一个饭店里吃的。不仅不要一分钱，而且还有香喷喷的肉。

早早上一次吃肉还是端午节的时候。端午节前一天奶奶带着早早和晚晚赶了一次集，不仅买了一把新镰刀、两顶新草帽、几件新衣服和一卷五彩绒线，而且还割了二斤肉。

再往前推，也就是上次吃肉，还是过年的时候。

奶奶腿脚不好，假如没有什么特别的事，她肯定是不会赶集的。而平时走村串户的只有卖豆腐和豆芽的，卖肉的基本看不到。就算有，奶奶肯定也舍不得。

奶奶和爸爸妈妈一样，都巴不得把每一分钱都攒起来。

攒起来留着早早和晚晚长大了花。

所以，早早今天的饭吃得特别慢。

特别是碗里那几块肉，早早实在舍不得。

"假如晚晚跟自己一起来就好了，就可以跟自己一样吃到这些喷香的肉了，"早早一边用筷子拨拉那几块肉一边失望地想，"或者，这些肉一点儿也不像现在这样油油的、黏黏的、烂烂的，而是像洗过的桃子一样干净，像包好的糖果一样利索……那样就好了，就可以偷偷地装进口袋里了……"

不吃肯定是不行了，因为好多同学都已经放下碗筷出去了。早早只好囫囵吞枣地把肉咽下去……

当所有同学都吃完之后，大家在老师的带领下，依旧排着整齐的队伍回到桃园小学去。

和常老师事先说的一样，同学们刚回到桃园小学没多会儿，一辆白色的面包车就开到了操场上。从车里先下来一位捧着照相机的叔叔，然后还有一位白发苍苍的老奶奶和两位年轻漂亮的阿姨。根据校长的介绍，捧照相机的叔叔是嶂山县报社的记者，老奶奶是一位退休老干部，也是现在嶂山县关心下一代工作委员会的主任，那两位年轻漂亮的阿姨则是红集乡妇联的工作人员。

叔叔当然是来拍照的，老奶奶和两位漂亮的阿姨呢，当然是来看望大家的。

而且还给大家带来了礼物。

看，礼物已经从白色的面包车上抬下来了，有书、书包和玩具。

全校六个班级也是六个年级的同学都有份，看，大家正排着整齐的队伍一个一个地领——不过领到手的礼物不一样多。爸爸妈妈都在家的是一本书。爸爸妈妈有一个在家的是一本书加上一只书包。爸爸妈妈都不在家的是一本书、一只书包再加上一个玩具。

玩具也不一样。发给女孩儿的是一个蓝眼睛、长头发、穿裙子的洋娃娃，发给男孩儿的是一只憨态可掬的毛绒做的小狗熊。

轮到早早的时候，那位漂亮的乡妇联的阿姨，当然要塞给她一个洋娃娃啦。

可是早早已经想好了，早早说："阿姨，我想换一只小狗熊。"

阿姨有点儿惊讶地看了早早一眼，然后把一只小狗熊递给了她……

放学之后，早早忙不迭地往家赶。

早早想尽快看到晚晚。

早早这个节日过得很愉快也很不愉快。愉快是因为看了那么神奇的一部电影，吃了那么好吃的一顿肉，得到了那么多崭新的礼物。不愉快是因为这么愉快的一天，晚晚却没能一起来。

而他是那样的想来啊。

所以早早想尽快回到家，把神奇的电影讲给晚晚听，把书——不，晚晚现在还不认字，还不能看书，应该是把新书包和小狗熊，特别是小狗熊，尽快地交到晚晚手里。

晚晚最喜欢小动物了，小狗点点、家里的那三只羊、大闪和二闪家喂的那四只长耳朵的小白兔……他都喜欢得不得了，好像它们根本就不是什么小动物，而是他的好朋友。

一只憨憨的毛绒小狗熊，也一定会让他喜出望外的……

"晚晚，晚晚！"距离家门还有好一段距离呢，早早就忍不住扯开嗓子喊起来了。

　　可是风一样跑出来的只有小黑狗点点。

　　"晚晚，晚晚！"早早一边喊着一边举着狗熊冲进了院子里。

　　院子里只有奶奶在择青菜。

　　奶奶看见早早冲进来，抬起头，有些难过地说："早早，别喊了，你弟弟已经被带走了……"

15. 一下子就

儿童节过后没几天，早早家那两亩没有转包给民宽叔叔的旱田地里，玉米和豆子就已经长得像筷子一样高了。

像筷子一样高的还有杂草。

该锄一锄了……

闷热，晴朗，无风，寂静，这是一个再寻常不过的夏日的星期天。早上起床之后，早早先是和奶奶一起把屋里还没怎么干透的麦子摊开在院子里。吃完早饭后便和奶奶戴上草帽，带上晌饭（饼子和水），扛上锄头，一起往田里去。

不出意外的话，早早的今天会这样过：当身上的汗水流完、手上的力气用完之后，那两亩地的杂草也该锄干净了，太阳像一堆没有人再继续添柴的篝火，变红了变暗了，马上就要在西边的地平线上熄掉了。

早早也该扛着锄头跟奶奶一起有气无力地回家了。

不过到家之后，即便身上再脏也不能先洗，即便肚子再饿也不能先吃。院子里摊着一地还散发着太阳余热的麦粒呢。必须把它们先装进口袋里。不然天黑了气温会下降得很厉害。气温一降，有一样神奇的东西、一直躲藏在空气里的东西立马就出现了。

对，就是露。

露如果停留在草尖上，一定会让小草显得更新鲜，如果停留在花瓣上，一定会让花朵显得更娇艳……可是如果露停留在麦粒上，特别是晒了一整天的麦粒上，那就比较讨厌了：它会让太阳、当然还有晒麦子的人一天的功劳，一下子就变成一个零……

装好麦子之后就比较惬意了，先是舒舒服服地洗个澡，然后奶奶的晚饭也就做好了。因为劳累了一天，奶奶肯定特别加了一道菜，是早早最最喜欢吃的辣椒炒鸡蛋。鸡蛋是自家的母鸡刚下的，辣椒是门口的菜园子里刚摘下的，把这两样东西放在一起炒……嗯，应该是这个世界上最美味的食物了……

是的，假如没有意外的话，早早的这个星期天将会和她以往或者今后的绝大多数星期天一样，是一个非常辛苦但也非常从容的星期天。

可事实上，这个星期天被改变了。

从容变成了辛苦。

辛苦变成了狼狈……

不过最初的时候可一点儿也不狼狈，恰恰相反，还让人感觉很惬意呢。就在中午，早早和奶奶躲在地头的大杨树下吃干粮的时候，忽然感觉身上一阵凉。

就好像有人拿着扇子对着自己轻轻地扇。

是风，天没亮就偷偷溜出去、到现在才悄悄溜回来的风。大杨树的树梢在轻轻地摇，大杨树的树叶在微微地响，一看就知道是它在上面玩耍呢。

可是过了没多会儿，大杨树的树枝也在动，树杈也在动，最后连树干也在动！

早早赶紧跟着奶奶一起站起来，踮起脚尖往风来的方向看。

西南的天边出现一抹浓浓的黑。

好像蓝天在那里塌了一个洞。

而且这个洞正在一点点地往自己这边塌过来……

　　"西南雨上不来，上来漫锅台"，这是小胡庄人常说的一句谚语。不过从现在的阵势看，上不来的可能性几乎等于零。

　　漫锅台其实没什么，因为锅台是砖头砌成的。砖头不会发胀，更不会发芽。

　　但是麦子会。

　　每一粒麦子都会。

　　而且根本不用那么多的雨水，只要能把它们湿透就行了。

　　早早赶紧扛起锄头和奶奶一起拼命往家里跑。

　　不仅仅是早早和奶奶，在田里忙碌的所有人，全都或紧或慢地往家里赶。紧的一般都是因为家里也晒着麦子或者其他的什么东西。慢的呢，一般都是家里什么东西也没晒。

　　但是没晒也要回家去，因为就在几年前，小胡庄上有一个人站在田头的大杨树下躲雷暴雨，不幸被一个闪电击中电死了……

　　小满和她妈妈三婶家里什么东西也没晒，她们娘儿俩不紧不慢地往家里赶，就是要躲雨、躲雷电。

　　不过当早早和奶奶赶上她们的时候，她们的步子也变得飞快了，当然是要帮早早和奶奶收麦子。

　　另外还有二康和大闪两个小伙伴，当时他们正在沟里摸鱼呢，本来是要摸到非走不可的时候再走的，可是听说早早家的院子里摊满了麦，二话没说就上岸了……

　　早早、奶奶、小满、三婶、二康、大闪，现在，跟乌云抢时间的"兵力"变成了整整六个人！而且这六个人动作麻利、分工明确：有的负责把麦子堆成麦堆，有的负责把麦堆装进口袋，有的负责把口袋抬进屋里……

　　可是乌云从来就不是什么好惹的，特别是一大片从西南方向过来

的乌云。你看，它就像无数只密密麻麻的黑色的蚕，在飞快地啃噬着蓝天这片巨大的桑叶，同时还发出可怕的轰隆轰隆的喘息声。

而当头顶上那片蓝色的桑叶也被它吃掉时，天就一下子漏掉了。无数支锋利的水箭，在无数条闪电的鞭子的抽打下，齐刷刷地向着大地射下来。

不过还好，早早家的麦子全部都进了口袋，和人一样安安稳稳地躲在了屋子里……

接下来的大概两个小时，应该是早早记忆中最最惊天动地的两个小时。暴雨像泄洪一样滔滔地下，雷声像山崩一样隆隆地响，闪电像无数条大大小小的白蛇一样上蹿下跳、东冲西撞……最后呢？最后是刺眼的一道闪电，震耳的一声霹雳，对，老天鸣锣收兵了。

雨小了，云薄了，天亮了。

雨住了，云开了，日出了。

蓝天还像雨前一样蓝，又变成一片完整的大桑叶，不，应该是比雨前还要蓝，像是一片被水洗过的大桑叶。

早早家的院子也变成水塘了。

而且是一个生机盎然的养鱼塘。看，水面上有几条鳘子（一种喜欢在水面活动的白色的小鱼）正在游。

很显然，它们是通过敞开的院门进来的。看来，现在整个小胡汪还有小胡庄，统统让水给漫掉了……

小满、三婶、二康、大闪，不久前帮早早家抢收麦子的四个人，在雨刚刚变小的时候就忙不迭地出去了，去看水带来的热闹了。早早本来也想去的，但是早早向院子里看了一眼之后，想出去的念头一下子就无影无踪了！

因为那棵小楝树不见了！

那可是早早的宝贝啊！从刚发现它的那时起，早早几乎天天都在关心着它。三天两头就给它浇一浇水，施一施肥，隔三差五就给它加固一下树枝做成的小篱笆……有一次为了它竟然把小黑狗点点都给得罪了呢。

那天，小黑狗点点也不知道怎么了（或许是妒忌早早对小楝树太好了吧），竟然一根根地去扯篱笆上的小树枝。

等早早发现的时候，篱笆上的树枝差不多都要让它给扯光了。

小楝树都要彻底失去保护了。

早早一下子就生气了！一把抓过点点那只欠揍的手，哦，不，应该是爪子，在上面狠狠地打了几巴掌！

一定是早早打得疼了，也一定是点点从来都是被宠着的，从来也没挨过这样的揍……总之，点点也一下子生气了，一连几天都对早早爱理不理的……

正是因为早早的爱，小楝树才长得特别快。也就是短短几个月时间吧，它就由原来一支铅笔那样高变成两支铅笔那样高了。

可是现在，这支绿色的"铅笔"、茁壮的"铅笔"，却忽然没了踪影！

早早连忙蹚水跑过去，才发现小楝树还在，只是被水完全淹没了！

早早急忙找来两块宽一些的木板，将院门牢牢地挡起来，然后又找来一只盆，开始把院子里的水往外舀。

"早早乖，别舀了，舀出来也不够吃一顿，"奶奶还以为早早要舀那些螯子呢，还这样劝说早早呢，"再说了，庄子东面有排涝沟，要不了多久水就会自己下去的。"

早早并不解释。

因为早早觉得这是自己心里的小秘密。

早早只顾着舀水，使劲儿地舀水，舀得身上都被汗湿透了。

水很快就舀完了。早早先是捉住那几条活蹦乱跳的鳘子，将它们放到外面的水里去，然后又找来一顶破草帽，戴在小楝树周围那个树枝做成的篱笆上，其实就是戴在小楝树的头上。被水淹过的小树最怕暴晒了，一晒肯定就会蔫儿……

直到这时候，奶奶才明白早早舀水并不是为了鱼。

但是粗心的奶奶还是没能看出早早的心思："原来为的就是这棵小树啊，"奶奶一边心疼地给早早扇扇子，一边不在意地说，"早早乖，它长不长大都无所谓。"

"有所谓！奶奶！有所谓！我想让它长大！长得像它妈妈一样大！"早早说，"我想让它开出紫米一样喷香的小花，结出星星一样美丽的果实……我想我们家还像从前一样，一起快乐地生活在大楝树底下！"

当然，以上这些话，早早可不是用嘴巴跟奶奶说的。

早早是在心里回答奶奶的。

好了，现在小楝树可以安心地躲在帽子底下乘凉了，早早也可以出去看看一场大雨带来的热闹了。

这热闹当然是水，深深浅浅的水、清清凉凉的水、浑浑浊浊的水、无处不在的水……仿佛现在地球已经不是地球了，变成地地道道的水球了。

特别壮观的是小胡庄东面的那条排涝沟，水面一下子比以前宽阔了三四倍，而且水流湍急，波浪滔滔……好像它根本就不是一条连名字都没有的排涝沟，而是一条跟黄河或者长江一样有名的某条大河或大江。

或者根本就是一条躺下来的瀑布。

别说一个小孩子掉进去，哪怕就是一个大人，甚至是一块大石头，也会瞬间被冲走的。

不知道怎么的，早早心里那个疙瘩一下子就结开了……

疙瘩是几天前、也就是儿童节那天结下的。那天，早早用洋娃娃换来一只可爱的小狗熊，本来是想弥补一下不能带晚晚一起去看电影的歉疚，同时再给他一个大大的惊喜的，可是当早早气喘吁吁、满心欢喜地冲进院门时，奶奶却说晚晚已经被带走了！

对，带走晚晚的不是别人，正是给早早家带钱带衣服回来的大明叔叔！

大明叔叔家的麦子全部收完了，稻子也已经插得差不多了，按计划，他那天中午要回去，而且车票都提前买好了。而就在丽兰姑姑挺着肚子把大明叔叔送到村口的那一刻，三婶忽然气喘吁吁地跑来把他叫住了。

因为她刚刚接到一个电话。

打电话的不是别人，正是早早的妈妈！

早早的妈妈在电话里这样告诉三婶：不久前，早早在电话里哭着告诉她说小虎子被淹死了。当时她心里很难过，在电话那头儿也哭了。哭过之后就寻思：现在正是大夏天，正是孩子跟水亲近的时候，而夏天最不缺的就是水，特别是一场暴雨倒下来，到处都是水塘……可是晚晚只有五岁啊，跟小虎子一样，正是不知道好歹的年龄啊，而且他的姐姐早早要上学，他的奶奶年龄大了腿脚也不好使，谁也不能时时刻刻看着他。搁在家里肯定是放心不下，可是带到自己跟前又为难啊，因为自己还有他的爸爸都要干活挣钱啊。

还有，住的地方太小了。

小得好像根本就容不下第三个人。

哪怕这个人是个五岁的小孩子……

左考虑右考虑，一会儿决定要带来，一会儿又决定不带来……真是要把人给愁死了。

不过现在不愁了，因为已经想通了，挣钱干什么？不就是为了孩子吗，万一孩子有了什么好歹，那挣钱还有什么意思呢？最后决定还是要托大明回城时顺便把晚晚给捎过来！

就在接这个电话前，小满妈妈刚刚看到丽兰挺着个肚子去送大明。

小满妈妈连忙扔下电话机，一溜烟地追来了……

晚晚就这么十万火急地被带走了。

连一句告别的话也没来得及说。

而根据奶奶的说法，晚晚是很想跟姐姐告别的，可是大明叔叔要赶车，他必须收拾两件衣服就上路。

所以，晚晚是哭着离开的。

早早一听就哭了。

哭得很伤心很伤心。

同时心里就结了疙瘩了，当然是针对爸爸妈妈的，为什么他们自己走了还要把晚晚也带走？

是不是接下来还要把奶奶带走？

还要把小黑狗点点带走？

还要把家里那三只羊、几只鸡带走？

是不是只想留下早早一个人？

……

可是，现在，面对着这满世界深不可测的水，面对着排涝沟里可

以席卷一切的浪，早早心里的疙瘩一下子就不见了。

一下子就被大水冲走了。

早早一下子就原谅爸爸妈妈了。

16. 全家福

　　嶂山县红集乡桃园村小五年级的班主任常笑老师是一个好老师，在她的班上每一个学生都是有"星级"的。

　　而且，在常老师的笔记本上和心里面，学生的"级别"也不是一成不变的，就像季节一样，学生的家庭情况也会发生变化。细心的常老师总能够在第一时间掌握到这些变化，并对他们的"星级"做适当调整。比如今年开学初常老师就调整了一批，还特意把三个级别升高了的女同学留下来谈话了呢。

　　这三个女同学分别是胡清早、张婷婷和王小娟。

　　早早本来是"二星级"，这学期因为妈妈也出去打工了，于是升成了"四星级"。张婷婷本来也该由"二星级"升成"四星级"，但是因为情况特殊，她的爸爸妈妈都是不知道下落的，失联的，所以被标成了"五星级"。

　　其实这些，之前都已经交待过了。

　　除了王小娟为什么升级，以及她究竟升了几级之外。

　　王小娟本来是最最幸福的"一星级"。爷爷奶奶、爸爸妈妈，还有一个三岁的小弟弟，一家六口都在家。

　　王小娟家每天的月亮都像八月十五那样圆圆的。

　　但是，今年过完年不久，王小娟家圆圆的满月一下子变成了半个月亮。

因为王小娟家一下子少了整整三个人。

所以王小娟在常笑老师的本子上也一下子变成了"三星级"。

不用说，王小娟的爸爸妈妈出去挣钱了，同时因为不放心，把三岁的弟弟也带走了……

不过，要不了多久，王小娟就能跟爸爸妈妈和弟弟团圆了。"爸爸妈妈已经给我打过电话了，说要把我接到他们那里去过暑假。"作为早早的好朋友，王小娟当然要把自己的喜悦拿出来跟早早一起分享了。

早早当然也要为她高兴了。

高兴之余，早早就想到自己。

自己的爸爸妈妈也在外地挣钱，也把自己的弟弟带在身边了，现在自己跟王小娟一样也要放假了。自己的爸爸妈妈也可能跟王小娟的爸爸妈妈一样，会想到要把自己接过去。

而且接过去并不是一件多么困难的事，根本就不需要他们亲自跑一趟。丽兰姑姑的肚子越来越大了，大明叔叔肯定不放心，中间说不准就会回来看一看，完全可以在回去的时候像当初捎弟弟一样把自己也捎过去。

就算大明叔叔不回来也无所谓。记得前年过年的时候，小胡庄上梁柱叔叔和水仙婶婶两口子都没回来，但是他们又很想跟他们的儿子，也就是大闪和二闪一起过年，于是他们就想了一个非常好的办法，让大闪和二闪的舅舅提前买好车票，然后打电话告诉他们车票上的具体时间。等到要走的那一天，大闪和二闪的舅舅负责把他们送上车，梁柱叔叔和水仙婶婶负责在那边的车站接。

将近一千里的路，大闪和二闪只在车上的那段时间没人陪。不对，在车上陪的人更多呢，因为大闪和二闪的舅舅拜托车上的司机师傅了。

而且根据大闪和二闪的说法，车上的人可好了，当他们听说小兄弟俩是去遥远的城里找打工的爸爸妈妈时，都争着照顾他俩，特别是中间停车休息的时候，还有热心的叔叔阿姨给他俩买了茶叶蛋和饮料了呢……

虽然自己的舅舅不在家，也到城市里挣钱去了，但是自己有小姨啊，而且小姨家不远，就在二十里开外的龙庙乡。大闪和二闪舅舅能做的事情小姨当然也可以做。就算小姨有什么特殊的事情走不开，不是还有小满的妈妈三婶吗？三婶是妈妈的好朋友，能帮的忙她肯定会帮的。

这样一想，早早几乎可以断定自己的爸爸妈妈也会像王小娟的爸爸妈妈一样打一个电话来，通知自己过去跟他们一起过暑假。

早早忍不住就激动了。

同时也一下子就不安了。

因为，在当初妈妈离家时留下的那张信上，还有后来妈妈打来的那次电话中，她都反复跟自己交代了这么几句话：要懂事，要照顾好奶奶和弟弟，要好好学习。小胡庄上好多大人都夸早早是个又能干又稳重又诚实礼貌的好孩子，所以早早觉得自己在懂事方面做得还不错。早早会帮奶奶做家务、做农活儿，还会给奶奶揉腰捶腿，另外晚晚没走的时候，早早一有空就带他玩儿，大事小事的都听他，好吃好玩儿的都让他……所以早早觉得自己在照顾奶奶和弟弟方面做得也还好。

另外，早早觉得在妈妈走后的这小半年时间里，自己还有两方面长进不是一般的大。一是胆量，特别是经历了看水和偷羊事件以及深夜里背弟弟去看病的事情之后，早早觉得自己勇敢很多了，现在连独自走一段长一些的夜路都不是问题了。二是力气，也许是家务和农活儿做多了的缘故吧，早早觉得自己的胳膊明显强壮了，强壮得可以很容易地拎起一桶水……

但是千好万好，就有一点不好。

而且是非常重要的一点。

对，那就是学习！

不仅没有进步一点点，相反还因为当初晚上看水怕、加上非常非常想妈妈，所以期中测试的成绩直接由原来的良好变成了中等。

特别糟糕的是数学，比班上的平均分还差一截。

虽说后来常老师、王老师还有班上几个成绩好的同学一直都在像帮退步最大的张婷婷那样帮自己，自己也一直在努力，但是谁知道期末测试的结果会怎样呢？

而且眼看着期末测试就要来了！

暑假就要开始了！

自己就要去和爸爸妈妈还有弟弟团聚了！

假如这次没有进步，对不起老师和同学是肯定的，爸爸妈妈问起来也不好意思回答啊……

这样一想，早早的紧迫感就更强烈了。

功课也更加用力了。

用力得连性格都有一些改变了。早早是那种性格偏内向一些的小姑娘，平时跟老师和同学交流起来也不是太主动，可现在，她经常拿着不会的难题往老师和成绩好的同学那里跑……

终于，早早期末测试的综合成绩由退步后的中等回到了退步前的良好，数学单科成绩全班提升幅度最大！

为此，她还获得了一张由班主任常老师颁发的"进步之星"的奖状呢……

奶奶刚刚腌好的咸鸭蛋，是妈妈最喜爱的。奶奶刚刚晒好的干豆角，是爸爸最喜爱的。自己在儿童节那天用洋娃娃换来的毛绒小狗熊，是晚晚最喜爱的……为了即将到来的几乎没有任何悬念的远行，早早曾经不止一次地在心里盘算着要带上的礼物，可是盘算来盘算去、总觉得缺少一样分量更重些的。

现在好了，早早终于找到了！

对，就是这张奖状，这张鲜红的、上面印着醒目的"进步之星"的奖状！

在这个世界上，再没有什么比这更好的礼物了……

让人振奋的是，事情和早早期望的几乎一样。这不，暑假才开始的第二天，三婶就气喘吁吁地跑来了！

因为妈妈真的把电话打来了……

妈妈先是问奶奶和家里怎么样，然后就问早早期末测试的成绩怎么样。第一个问题早早回答得很详细，但是第二个问题早早几乎没回答。早早也知道这样做其实是有风险的，容易让妈妈产生误解，认为自己考得很差不好意思说。但是为了见面时那张奖状给她和爸爸带来的惊喜更大些，早早已经做好冒险的准备了。

然后，妈妈果然说了这些天来早早一直渴望听到的话："早早，我猜咱们小胡庄上有孩子到外地跟爸爸妈妈一起过暑假了。"

早早的心一下子就高兴得飞到天上了！

早早忙不迭地说："对对，王小娟马上就要出去了！"

"王小娟？咱们小胡庄上有王小娟？"妈妈感觉有些奇怪。

早早这才发现自己太激动了，有些不好意思地解释道："王小娟是我的好朋友，同班同学。"

"早早，你是不是很羡慕王小娟？"

"嗯。"

妈妈沉默了两秒钟，然后，满含歉疚地说出了这么一句话："早早，你……你恐怕没办法像王小娟那样了。"

早早那颗正在天上飞的心，一下子就扑通一声跌到地上来了。

跌得很疼很疼。

"为什么？"早早连说话的力气都没了，声音听起来拖泥带水的。

"工地上每天都有好多人要吃饭，柴米油盐、锅碗瓢盆，切切剁剁、洗洗刷刷……食堂里实在是太忙了。你爸爸也是，连夜里都要扎钢筋……你过来没人能够顾得上。"

早早一听，委屈得差一点儿就哭了。过来没人能够顾得上？难道我在家你们就能顾得上？

妈妈也一定知道自己说错话了，赶紧说："早早，让你一个人在家受委屈了。说实话，忙还不是主要原因，主要原因是住的地方太小了。"

"有多小？"

妈妈想了一下说："跟家里的羊圈差不多大小，除了摆一张床基本就没有地方了……而且床只有家里床的一半大，你爸翻身能压醒我和晚晚，我翻身能压醒晚晚和你爸。"

嗯，真的是太小太小了。

"还有，早早，最麻烦的是现在正赶上夏天，时不时地就一身汗，时不时就要冲一冲洗一洗的……再说，这工地上大多数都是跟你爸爸一样的男子汉，你弟弟晚晚无所谓，他只不过是个五岁的男孩子，可是你就不一样了，你是一个女孩子，而且已经是个半大的姑娘家。"

早早原谅妈妈了。

彻彻底底地原谅了。

但是妈妈却没有原谅自己，妈妈说："早早，你不知道，在这寸土寸金的城市里，能有这么一间不要钱的单独的小房间已经非常非常万幸了……假如我跟你爸能多赚一点儿钱就好了，就能租一个地方了……等等吧早早，等到以后条件好的时候，我会想办法把你带过来。"

妈妈真的是太好了。

应该是地球上最好最好的妈妈了。

可是，"以后"也真是遥远啊，遥远得就像从地球到月球。

所以，为了让接下来那些遥远的日子显得不那么漫长，早早向妈妈提出了要一张照片的请求。

妈妈很干脆地答应了。

没过多久就寄来了。

而且，妈妈好像担心早早会不小心弄丢一张似的，寄来的还是两张，一模一样的两张！

照片的背景是一个高耸的电视塔，还有一条浩浩荡荡的河流，左右是一些错落的楼房，还有一些熙熙攘攘的人流。中间自然就是爸爸妈妈和晚晚，爸爸妈妈分别站在两边，晚晚则神气地坐在中间的一个栏杆上。

爸爸还和原来一个样，晚晚也和不久前一个样，但是妈妈的变化大。妈妈明显变白了，但同时也明显变瘦了……还有，在妈妈左手无名指的位置上，包裹着一块白纱布。

那一定是切菜时不小心切破的。

早早的心忍不住就使劲儿地疼了一下……

接下来的几天里，早早一有空就把照片拿出来看。看着看着，早早忽然发现照片有问题，很大的问题，需要好好加工一下。

还好，照片是两张，完全可以拿出一张来实验。

早早就找来画画的彩笔，先是在爸爸和晚晚中间的空隙里添上了一个扎着两个辫子的小姑娘，然后又在晚晚和妈妈中间的空隙里添上了一个长满皱纹的老奶奶。

小姑娘自然就是自己，老奶奶当然就是自己的奶奶。

接着，早早又在照片的最右面，画上了一棵粗得不像样的大树干；在照片的最上方，画上密密麻麻的绿色的树叶、紫色的花朵，还有星星点点的金色果实。

　　对，那是一棵大楝树。

　　而且是一棵能同时看到春夏秋冬的大楝树……

　　早早把经过加工的照片和没加工的照片放在一起一比较，发现经过加工的照片美极了，简直就是一幅美丽的画。

　　不过小黑狗点点好像并不这么想，因为它使劲儿地在早早的脚边蹭了一下，同时还努力地昂着头，瞪着它那双圆圆的、黑黑的眼，一眨不眨地盯着早早看。

　　好像在向早早提意见："成天形影不离的，怎么把我给忘记了？"

　　早早一下就歉疚了。

　　早早连忙选出一只黑色的画笔，把点点画在照片最前面的空白处。

　　然后，早早把照片拿给点点看，同时摸着它毛茸茸的脑袋问："点点，这是你，看看，像不像？"

　　点点一边紧盯着照片上那只有着旗杆一样长尾巴的小狗看，一边拨浪鼓一样摇着自己旗杆一样竖起的长尾巴，仿佛在说："像，太像了，特别这根长尾巴，和我简直是一样一样的！"

　　可是，谁能想得到呢？就在早早将点点画上全家福之后没几天，点点竟然神秘地失踪了……

17. 我一定要找到它

　　最先发现点点不见是在吃晚饭的时候。当时饭桌上有一盘像嫩玉米一样又黄又亮的炒鸡蛋。鸡蛋当然是早早自家喂的鸡下的，奶奶隔三差五会炒上几个。这也是现在早早能吃上的最好吃的东西了。

　　吃最好吃的东西哪能忘记成天跟自己形影不离的好朋友、好伙伴呢？所以早早像以往一样，夹起大大的一块给点点。

　　可是点点不在。

　　不对啊，点点应该在的啊，特别是今天更应该在，因为今天有喷香的炒鸡蛋，而点点的耳朵跟它的鼻子一样灵，每次一听到打鸡蛋的声音它就会赶紧跑到饭桌底下去等着。

　　它就知道早早是不会让它失望的……

　　早早就大声地喊点点。

　　可是点点不吱声。

　　早早就把留给点点的那块大大的鸡蛋放在自己的碗里面，然后端着碗一边吃一边走，一边走一边喊。

　　可是早早从堂屋一直喊到了院门外，连点点的一声答应也没听到，更别提看到它的影子了。

　　这个淘气的小东西，一定跟金子、松鼠、熊猫、飞机它们几个一起玩得高兴了，连回家都忘记了。早早想（没错，金子、松鼠、熊猫、飞机都是点点在小胡庄上的好朋友。就像小满、甜甜、大闪、二康等等都是早早在小胡庄上的好朋友一样）。

早早就端着碗回来了。

不过鸡蛋一定要留着，留给点点回来吃。

可是，晚饭都吃完好一会儿了，早早都把碗啊碟啊筷子啊什么的刷洗干净了，地也打扫干净了，点点还是没回来。

早早急了，赶紧出去找。

首先当然是要找金子。前面说了，金子是小满家的一条像金子一样黄色的狗。就像小满和早早是最好最好的朋友一样，金子也和点点是最最要好的朋友，它们就像早早和小满，经常是形影不离的。

但是今天金子很孤单，正无精打采地趴在树底下打盹儿。看见早早过来了，还以为点点也来了呢，连忙摇头摆尾地迎过来。

结果呢，当然是无精打采地回到原来的地方再趴下了。

"走，到甜甜家里去看一看！"小满听完早早的话，一把拉起她的手就往外走。

金子也急匆匆地跟在后面。

可是松鼠，也就是甜甜家那条像松鼠一样有着一根大尾巴的狗也是形单影只。它一看见金子过来了，赶紧就摇起了那条大得和身体不成比例的大尾巴，嗖地一下就从草垛上飞了下来。

"走，到大闪家看一看。"甜甜听完早早和小满的话，一把拉起她俩的手就往外走。

金子、松鼠当然在后面跟着。

熊猫，也就是大闪家那条像熊猫一样胖乎乎的狗有伙伴，不过跟熊猫在一起的不是点点，而是飞机，就是二康家那条跑得像飞机一样快的狗。

看，它俩看见金子和松鼠过来了，也都连忙热情地迎过来……

"点点跟其他的狗一起玩儿也说不定，小胡庄上的狗可不止这四条，"大闪提议，"咱们一起去找找看。"

可是他们找遍小胡庄上所有养狗和不养狗的人家，还是连点点的影子也没找到。

天已经完全黑下来了。

早早急得快哭了。

要说还是大闪有主意（这可能跟他年龄最大、年级最高有关系吧。他今年已经十三了，而且读的是六年级），他说："天黑了也不碍事，因为狗是有耳朵的，而且狗的耳朵特别灵。它肯定是跑到村子外面的庄稼地里捉田鼠了！我家熊猫就会趁天黑捉田鼠，我还亲眼见过它咬死了一只呢……"

"捉麻雀也说不定！"二康有些激动地抢断了大闪的话，"我家飞机就喜欢捉麻雀。飞机一看到麻雀啊，简直……简直巴不得自己也能飞起来！"

"也可能是捉虫子，我家松鼠就会捉虫子。"甜甜说。

"也可能是什么也不捉，就是要吃一点儿青草。我家金子隔三差五就会像羊那样吃一点儿青草，"小满说，"不过现在可不是说自家狗的时候，现在是要帮助早早找点点……对了大闪，你刚才说狗的耳朵特别灵，还说点点肯定像熊猫一样跑到庄稼地里去捉田鼠了。是不是要让咱们一起到村外去喊它？"

大闪这才发现大家的注意力都被自己（还有二康）弄分散了，连忙说："对对，我就是要让大家一起到村子外面去喊点点！"

于是，几个好朋友，还有几条同样是好朋友的狗，就浩浩荡荡地来到了村子外面，而且大家一边走一边齐声喊："点点——点点——"

金子、松鼠、熊猫、飞机也都汪汪汪汪地叫个不停，好像是在喊：

"回来——回来——"

可是，大家围着小胡庄整整喊了一圈，一点儿收获也没有。

"看来，点点也不在庄稼地里。"大闪非常失望地说。

"看来是！""咱们的声音那么大，狗的耳朵那么灵，就算是在二里地之外也应该能听到的。""听到它就出现了，要知道，狗跑起来很快的。"大家七嘴八舌地附和道。

早早没说话，早早已经说不出话了，因为她再也控制不住了，已经呜呜地哭出声来。

小满说："别哭，哭没有用，现在最重要的是想办法。"

"对，现在最重要的是想办法。"甜甜和二康完全同意小满的观点。

但是大闪不同意。大闪常常不同意别人的观点。这可能跟大闪是个有主意的孩子有关系。而且，大闪的主意很多都是很有道理的。比如现在，他说："现在最重要的并不是想办法，而是要想想点点可能去哪了。"

"被偷狗贼偷去了！"大闪的话音刚落，甜甜就忙不迭地说出了她的答案。

甜甜说得有道理，因为最近几年，特别是庄子上那些能捉贼的壮劳力都不在的农闲里，防不胜防的偷狗贼跟偷羊贼、偷鸡贼一样多起来。没人知道他们从哪里来，但是所有人都知道他们会怎么来。他们一般都开着既可以拖狗又可以快速逃跑的摩托车（偶尔也会有面包车或者小汽车），神出鬼没地躲藏在靠近村庄的树林里、小河边、岔路口。然后，庄子上的某条狗，就会神不知鬼不觉地让他们偷走了。

熊猫就差一点儿让他们偷走过。

而且那个偷狗贼本来是有可能被抓住的，但是半路上杀出个"程咬金"，帮他出了个主意，让他逃掉了。

而那个"程咬金"呢？不是别人，正是熊猫的主人大闪自己！

去年秋天的一个下午，大闪和小胡庄上的几个孩子放学回来快到家的时候，在路上忽然遇上了一个满头大汗的胖男人。

胖男人之所以满头大汗并不仅仅因为他胖，还因为他推着一辆载着一个大口袋的摩托车。

一般来说，一辆摩托车需要人推着而不是骑着，那肯定是坏了或者没油了。这辆摩托车属于前者，后轱辘瘪瘪的。

胖男人停下来，朝好奇地围着他的孩子们看了看，又转身朝身后看了看，神情越发焦急了，脑门子上的汗珠也明显密集了。

"叔叔，你可以先去修摩托车，然后回来拖口袋，"大闪一向是个有主意的孩子，也是一个好心的孩子，这不，他又开始"学雷锋做好事"了，"口袋我们可以帮你看着。"

胖男人看了看摩托车上驮着的大口袋，好像有些不放心。

大闪看出来了，大闪指了指不远处的小胡庄说："我们不会看丢了，更不会把你口袋偷走的。看，那里就是我们的家。"

胖男人又转身朝身后的路上看了看。

路上好像过来几个人影。

胖男人不犹豫了，"好好，那就麻烦你们了，我回来一定带糖给你们吃。"他一边这样说着，一边飞快地把口袋抱下来放在地上。

然后就骑着他那辆后轱辘没有气的摩托车，有些吃力地跑掉了。

再后来呢？远处的人影气喘吁吁地靠近了，都是小胡庄上的人，其中一个就是大闪的爷爷。原来，不久前庄子里开进来一辆摩托车，摩托车在距离大闪家不远的地方停了一会，然后大闪的爷爷就发现自家的熊猫不见了，赶紧吆喝几个能跑得动的人追出来。

大闪一听，连忙解开地上的口袋。

没错，就是熊猫。四只爪子全被绳子结结实实地捆住了，嘴巴也被胶带紧紧地缠住了。眼睛紧闭，一动不动，看上去已经死掉了……

熊猫当然没有死，它应该是被胖子用什么东西给弄昏迷了，因为刚解开绳子和胶带不久，它就睁开了眼睛，然后踉踉跄跄地站了起来。

看，它现在正神气活现地跟金子、松鼠、飞机一起玩耍呢。

但并不是所有的狗都能有熊猫一样的好运气。比如——点点……

不过大闪不同意甜甜的猜测，大闪问："偷狗贼偷狗干什么？"

"卖肉！卖给城里的狗肉店！"二康回答，"我曾经去过嶂山县城的三姑姑家，那里就有狗肉店……我三姑姑告诉我，狗肉特别特别贵，一般人都吃不起！"

"可是你们用脑子好好想一想，点点身上有肉吗？"大闪问。

这个根本就不用好好想，甚至连脑子也用不上。因为点点的个头像一只猫，全身的肉聚在一起，估计连熊猫的一条腿也抵不上。

"没肉偷它干什么？"大闪的语气里都有些骄傲和自以为是的成分了。

这让二康很不爽，二康说："没肉？没肉就不能偷它啦？偷去可以卖给人当作……当作……当作……"

"当作宠物养！"小满急忙提醒他。

"对对对！是宠物！就是宠物！我曾经去过嶂山县城的三姑姑家，那里很多人都把小狗当宠物养。给小狗买好吃的，给小狗做新衣裳，给小狗洗澡，给小狗打针，给小狗梳毛，给小狗剪指甲……好像小狗不是小狗，而是他们家的小孩子！"

"可是点点好看吗？"大闪问。

不好看，几乎所有人都认为不好看。蒲扇一样耷拉着的大耳朵，旗杆一样直挺挺的长尾巴。个头又矮又小，像野兔，胡须又稀又少，像猫咪……而且下嘴唇明显长过上嘴唇。小胡庄上有那么多狗，好像没有谁比点点更丑了。

当然，早早的看法恰恰相反，点点是小胡庄上最俊的。

"听话吗？"

不听话，几乎所有人都认为不听话。别看点点嘴小，叫起来却差不多是小胡庄的狗里最响的。别看点点腿短，跑起来却差不多是小胡庄的狗里最快的。别看点点牙歪，龇起来却差不多是小胡庄的狗里最凶的……而且特别泼皮特别闹，小胡庄上有那么多狗，好像没有谁比点点更淘了。

当然，早早的看法也恰恰相反，点点是小胡庄上最乖的。

"既不好看又不听话，谁愿意买它当宠物养？"

大闪的话听起来对极了。

也就是说，偷狗贼看上点点的可能性近乎于零。

"会不会掉进水里淹死了？"甜甜说。

"可是点点会浮水，所有的狗都会浮水，从来没听说哪只狗是被淹死的。"二康说。

"去年夏天稻田里突然出现几只秧鸡的事你们还记得吗？"小满问。

记得，大家都记得。去年夏天，比现在稍微晚一些的时候，也是庄稼长得最欢的时候，在小胡庄南面的那一块稻田里，大家忽然同时发现了好几只死掉的秧鸡，就是一种生长在稻田里的野鸡。

其中一只还没完全死透，还在扑棱着翅膀呢。

一些嘴巴很馋的人，在感觉奇怪之余，就想把这些跟家养的鸡一样大、比家养的鸡还漂亮的秧鸡拿回家去烧了吃。

但是被另外一些人劝住了。

那些人说：最近几天稻田里虫子很多，家家户户喷洒的农药也多。这些秧鸡八成是吃多了被农药药死的虫，然后也被药死了……

早早一听就明白小满的意思了，早早转脸对小满说："你知道，点点从来不乱吃东西的。有毒的东西它更不会吃。"

"你们都别胡思乱想了，我现在已经知道正确答案了！"黑暗中，大闪的声音忽然很兴奋地抬高了，"它八成是自己出去玩，跑远了，想要回来又迷路了！对，肯定是迷路了！天不早了，大家都回去睡觉吧！估计也就是半夜里——最迟迟不过明天早上，点点一定会回来的……"

可是，事实上，点点不可能回来了！

因为它压根就不是迷路，而是故意要离家出走！

这是点点亲口告诉早早的！

"早早，对不起，我要离开你了。"点点蹲在地上，耷拉着脑袋，满怀歉意地对早早说。

早早惊讶极了，早早问："怎么了点点？"

"我想妈妈了。"

早早更加惊讶了！

早早不由得想起了四年前，一个下雪的冬天。那天爸爸妈妈（那时候爸爸也还没走呢）带着早早和晚晚去姥姥家，回来的时候，忽然在路边发现一个纸箱子，而且里面还传来微弱的嗷嗷声。一家人好奇地走过去一看，原来里面放着四条老鼠一样小的小狗，连眼睛还都没睁开呢。

其中三条都已经冻死了，那微弱的嗷嗷声，是最后幸存着的那一条发出的。

除了才一岁、还不能发表意见的晚晚，爸爸妈妈，还有早早当时全都想到把这条命大的小狗带回家。

这条命大的小狗后来长大了。

对，正是点点……

点点是被人遗弃的，它在还没满月、还没睁开眼的时候就离开妈妈了，它连自己的妈妈看都没有看过。

看都没有看过，还谈什么去找妈妈呢……

点点看出早早的疑惑了，点点说："我记得妈妈身上的味道啊！虽然有些模糊，但是一旦遇到了，我一定能够认出来。"

"可是，这个世界上狗妈妈是那样多。"

"没事，我可以一条一条地嗅。"

"那样你会迷路的！会饿死的！甚至会遇上坏人的！"

"我不怕。"

"可是我怕！"

"你怕？你怕什么？"

"我怕失去你！点点，你知道的，我爸爸走了，妈妈走了，弟弟也走了！我现在只有奶奶和你了！我无论如何都不能没有你！"

"可是我真的想妈妈。"

点点站起身，一边往外走，一边恋恋不舍地回头说："再见，早早，再见了。"

早早急忙追出去，伸出手想一把抱住它。

可是点点却已经没了踪影。

早早哇的一声就哭开了……

"早早！早早！""醒醒！醒醒！""快醒醒！别哭了！""快别哭了！"早早正伤心欲绝呢，忽然听到耳边有很多人在说话。

睁开眼，就看见小满、大闪、二康、甜甜他们几个人，正趴在床边笑着呢。

而外面金灿灿的阳光已经满满地、厚厚地铺了一地了。

这可不能怪早早睡懒觉，因为早早昨天夜里回来之后一直在想点点和等点点，不知道什么时候迷迷糊糊地睡着了……

"我猜你肯定是做梦了，而且梦到的是点点！"二康信心满满地说。

对此大闪很不屑地说："这个也要猜？真是的……对了早早，点点怎么还没回来？"

早早愣了一下。

然后就彻底醒了。

早早翻身跳下床，连脸上的眼泪也来不及擦，连早饭也来不及吃一口，就冲到院子里去推自行车。

我一定要找到它——早早在心里对自己说。

一定一定要找到它！

18. "看姥姥"

　　为了这次去"看姥姥"，早早是做足了准备的。首先要带一大瓶水，必须是很大很大的那种瓶。现在正值暑假的"半山腰"，也就是一年当中最最炎热的三伏天，"姥姥"家又那么远。如果没有足够的水，自己很可能会像常笑老师讲过的那个追赶太阳的夸父，浑身的汗水都流干了，最终渴死在半路上。

　　为此早早特意刷了一只油桶，就是那种装烹调油的带提手的白塑料桶。早早已经试验过了，它能装下满满一脸盆的水。

　　完全可以喝一天。

　　其次，要带一些吃的。因为光喝水肯定不行，光喝水脚下像踩棉花，软软的一点儿力气也没有。没力气怎么去那么远的"姥姥"家？

　　但是生活的经验告诉早早，吃的也不是什么都可以带，现在正是三伏天，有些东西早上还是好好的，到了晚上就馊掉或长毛了。

　　要带就带耐热的。

　　什么东西耐热呢？

　　当然是咸的和干的了。

　　为此早早选择了咸鸭蛋和干饼子。咸鸭蛋是奶奶腌的，干饼子也是奶奶晒的。奶奶经常会烙饼子，但是家里毕竟只有两个人外加一条小狗吃饭啊，所以常常一次吃不完那么多。如果在其他季节无所谓，一次吃不完可以吃两次，两次吃不完可以吃一天，一天吃不完可以吃两天……但现在是连石头都有可能变质的伏天，饼子是不可能隔夜的。

不过奶奶有办法，奶奶把吃不完的饼子放在太阳底下烤，烤得一丝水分也没有，烤得就像一块雪白的铁。

铁当然是可以存放很久的。

更何况这是一块用面做成的铁，想吃的时候完全可以把它变软。像蒸馒头一样放在笼屉里蒸一下，或者把它掰成一小块一小块，放在菜汤或者稀饭里泡……

可是，光有咸鸭蛋、干饼子和满满的一大桶水显然是不够的，因为"姥姥"家实在是太远了，远得要坐整整一天的大汽车。

坐大汽车当然要买票。

早早已经悄悄打听过了，一张票大概要花一百五十块。

再加上其他必须要花的钱。

早早决定带二百块。

奶奶的枕头里有五百块。奶奶就喜欢把爸爸给她寄来的钱藏在她的枕头里，因为她坚信无论老鼠还是贼，都不可能轻而易举从她头底下偷走钱。奶奶还有一个习惯，就是每天临睡之前都要把钱从枕头里拿出来数一遍。

只有这样她才能睡得着。

就像现在早早每天临睡前必须要看一看那张全家福，那张自己做的、有些奇怪的、贴在床边的全家福……

早早是不可能提前从那五百块钱里抽出两张的。

那样奶奶会发现的。

也一定会急坏的。

更不能光明正大地跟奶奶要，早早要去的可是"姥姥"家，去"姥姥"家要花两张一百块？那会把奶奶吓死的。

所以早早选在去看"姥姥"这天的大清早，神不知鬼不觉地把手伸进了奶奶的枕头里……

满满的一大塑料桶水、够吃整整一天的干饼子、二百块钱……对了，差一点儿就忘了，还要瞒着奶奶偷偷地带上一些咸鸭蛋、一些干豆角。

还有，那只用洋娃娃换来的小狗熊也要带上，那张用辛勤的努力换来的"进步之星"的奖状也要带上。

再把小黑狗点点带上，就可以按计划出发了……

小黑狗点点？小黑狗点点不是丢了吗？

对，小黑狗点点是丢了，但是小黑狗点点只丢了十一天。前天，没错，就是前天，它又失而复得了！

那天，小满、大闪、二康、甜甜把早早从点点跟她告别的噩梦里喊醒之后，早早才发现现实一点儿也不比梦里好，因为点点到现在还没回来！

早早翻身跳下床，连脸上的眼泪也来不及擦，连早饭也来不及吃一口，就冲到院子里去推自行车。

我一定要找到它，早早在心里对自己说，一定一定要找到它！

可是世界太大了，点点太小了，早早，还有小满、大闪、二康、甜甜几个人，带着各自的狗，金子、松鼠、熊猫还有飞机，找了整整一天也没找到。

第二天大家接着找，为了提高效率，大家还分头行动，一个人沿着一条岔路找下去。

第三天办法更多了。每人手里都带了几张从作业本上撕下来的纸，还有一小瓶浆糊，专找显眼的电线杆和大树桩。当然是贴"寻狗启事"啦，而且对送狗回来或者提供重要线索的人，足足奖励五十个鸡蛋！这个办法是大闪想出来的。大闪本来要奖励二十个，早早觉得还不够，于是又增加了三十个。

可还是没效果。

现在正是三伏天的正中间，最舒服的永远是呆在屋子里一边吹电风扇一边看电视。所以到了第四天，大闪和二康两个男孩子再也不愿出去了。

只剩下小满和甜甜两个女孩子了。

到了第五天呢，连小满和甜甜也失望了，她们这样劝早早："早早，别找了，点点不可能回来了。""也许已经死掉了。""或者跑得太远了。""以后再重新要一条小狗吧。""对，要一条小狗很容易，你知道的，金子是一条母狗，也许要不了多久它就会怀孕的。"

早早答应了。

当然不是真答应。

早早才不会放弃点点呢。

但是假如不答应，小满跟甜甜肯定还要陪着自己在大太阳下满世界地跑。她俩已经陪着自己跑了好多天了，跑得脸蛋儿都黑了，跑得早早自己都过意不去了。

早早决定自己跑。

早早已经下定决心了：只要点点找不到，自己就要一直跑下去……

可能是早早的决心感动老天了。就在前天，傍晚的时候，失踪了整整十一天、让早早满世界跑了整整十一天之后，点点竟然自己回来了！

虽然瘦得只剩下了皮包骨，脏得像一团黑色的垃圾，但是身体还是完整的，没伤也没病，不瘸也不瞎。

早早一把将点点抱在怀里面，呜呜地哭得像眼睛在下雨……

"姥姥"家实在太远了，而且这一去可不是三五天就能回来的。

把失而复得的点点留在家？绝对不行！那样点点说不定会跑出去找自己！

肯定还会走丢的！

可是这让奶奶很意外，奶奶说："早早乖，去姥姥家还要带小狗？"

早早有些心虚地说："嗯。"

"本来，你去姥姥家的这两天，我还打算跟它说说话呢，"奶奶可怜巴巴地说，"你这一带去，我就只能跟自己说了。"

早早听了心里就更加难过和内疚了。

对，是更加，因为就在几天前，早早已经深深难过和内疚一次了。那是早早第一次告诉奶奶自己打算到"姥姥"家过几天。

"几天？"奶奶听了很担心。

"姥姥"家实在是太远了，假如事情顺利的话，去要一天回要一天，中间最起码也要过上三四天，所以早早回答："一星期。"

"一星期？七天？"奶奶一下子就慌了，然后不无嫉妒地接着说，"兵兵，小君，再加上你，你姥姥跟前这下可热闹了。"

兵兵十岁，是早早的表弟。小君八岁，是早早的表妹。他俩是早早舅舅、舅妈的孩子。舅舅、舅妈就像早早的爸爸妈妈一样，常年在外地打工，把两个孩子留给了奶奶，也就是早早的姥姥。

早早一听，心里一下子就难过和内疚了。奶奶老了，老成了一个害怕孤单的小孩子。

而现在自己却要狠心地撇下这个害怕孤单的小孩子，这个那么疼爱自己的小孩子，独自远走高飞了。

想来真是没良心啊。

所以，早早连忙鬼使神差地纠正道："不，两天……两天吧，我只在那儿过两天，然后马上就回来！"

奶奶听了，脸上紧绷的皱纹一下子就松开了，而且还很满意地用手摸了摸趴在她身边的点点的头。

好像点点也是一个懂事的小孩子。

可现在，早早要把这个唯一可以陪伴奶奶的"小孩子"也带走了，而且必须带走，它已经跑丢一次了，早早绝不能让它再丢第二次。

第二次也许真的就永远也回不来了……

"早早，你说过的，只过两天就回来，你一定要说话算话啊，"奶奶一边把早早往外面送，一边唠唠叨叨地叮咛着，仿佛知道早早要骗她似的，"最好把兵兵跟小君也带来。不，不要都带来，还是给你姥姥留一个……早早，你只在姥姥家过两天，千万不要记错了啊，千万不要多过啊。"

奶奶的脑子真是太好了，好得就连早早几天前说过的话，都记得清清楚楚的。可奶奶的脑子又是多么的糊涂啊，糊涂到竟然忽略了一件非常明显而重要的事！

一件她根本就不应该忽略的事！

早早没骑自行车！

假如早早真的是去"看姥姥"的话，她是应该骑车的！

因为从小胡庄到姥姥家所在的刘老庄，中间有三十多里地。当然不可能有汽车坐。从一个庄子到另一个庄子怎么可能通汽车呢？除非这两个庄子恰好都在同一条公路边。也不能步行，因为毕竟是漫长的三十多里地，而不是短短的三里地。

所以，骑自行车应该是唯一的选择。

而头脑清醒又糊涂的奶奶，现在只想着孙女应该在姥姥家过两天，而不是漫长的一星期，却把她没骑自行车这么重要的事情给忽略了……

当早早赶到位于红集乡政府后面的公交站点时，太阳刚刚升起来，通往嶂山县城的第一班公交车也正准备发车。

但是早早没坐上。

因为点点。

"小朋友，我们有规定，公交车上是不准带狗的。"胖胖的司机叔叔和颜悦色地对早早说。

这个早早没想到。

早早一下子就傻了。

"主要是怕狗会咬人。就算它不咬人，但是毕竟有人怕狗啊。而且它很可能会随地大小便。"胖叔叔解释道。

早早是一个五年级的大学生，胖叔叔的话她完全能理解。

但是能理解不代表不伤心。她的伤心全在脸上摆着呢，车上的人全都看得见。"她这只狗看起来很小，好像还是一只没长大的狗。"一个年轻漂亮的阿姨好像要为早早说情。

胖叔叔仔细打量了一下早早怀里的点点："嗯，小小狗要说带也可以，只不过要装在一只纸箱子里……你下去找一只纸箱子吧，半小时后再坐下一班车。"

早早就这样下来了。

早早先在公交站点里面找，可是她把犄角旮旯都找遍了，也只是在垃圾桶那里找到了一片硬纸板。

早早只好走出公交站点，来到外面的大街上。

太阳肆无忌惮地烘烤着柏油马路，行人、车辆来来往往的穿行着，怎么可能会有纸箱子呢。

街边的那家商店里倒是有，而且大的小的、高的矮的、胖的瘦的、……应有尽有，但是它们肚子里都装着满满的牛奶、饼干、可乐、啤酒等等好多东西呢。

另一家商店里倒是有一只空纸箱，但那个光着上身、腆着大肚子的老板，眉毛浓浓的，胡子硬硬的，眼睛凶凶的……早早终究没能鼓起足够的勇气跟他讨一只纸箱子。

半小时很快就要过去了。

下一班车很快就要发车了。

早早心里很着急。

三伏里，大晴天，人不着急都是一身汗，更别说着急的时候了。

早早身上的汗流得更凶了。

加上之前已经流了不少的汗，身体里的汗仿佛快流完了，早早明显感觉口渴了。

早早连一片树荫也来不及找，就将一直抱在怀里的点点和一直提在手里的水、以及一直背在背上的书包放下来。书包里当然装的是咸鸭蛋、干饼子、干豆角、小狗熊还有"进步之星"的奖状。

早早先是咕嘟咕嘟地喝了几口水，然后又小心地倒了一些在手心，给点点喝。

点点真是鬼机灵，你看，它一边伸舌头喝着水，一边将身子往书包的阴影里挪。

早早的手也跟着挪。

点点真是太小了，你看，它挪着挪着，竟然完全躲进了书包的阴影里……

忽然，早早的眼里一亮！

有了！

早早将点点装进了空书包，不仅完全可以装得下，而且还有好大一块儿活动余地呢！

只要留一点儿空气就可以了!

只要拉链不拉实就可以了……

早早顺利地坐上了下一班公交车。

哦,不,也不能说很顺利,因为还是引起那位戴墨镜的司机叔叔怀疑了。

不过他怀疑的不是早早的书包,也不是早早手里提着的装有咸鸭蛋、干饼子、干豆角、小狗熊还有"进步之星"奖状的塑料袋。

而是早早手里拎着的大油桶。

"小姑娘,桶里装的什么?"他有些警惕地问,"不会是汽油吧?或者酒精什么的?"

"叔叔什么都不是,"早早回答,"是喝的水。"

汽车上的人可能感觉早早的话有些好笑,就哈地一下笑开了。

汽车也就在这善意的笑声里向着嶂山县城出发了……

19. 桃桃回来了

你还记得桃桃吗？就是那个家住早早家左边的小姑娘，那个跟早早差不多大的小姑娘，那个曾经是早早好朋友的小姑娘，那个两年前跟着爸爸妈妈一起去了南方一座城市的小姑娘。

就在早早去"看姥姥"的第二天，她跟着妈妈一起回来了。

而且再也不走了。

不过让人难过的是，她不是像当初离开时那样走着回来的。

而是让红艳婶娘，妈妈推着回来的。

因为她的两条小腿没有了。

她现在只能坐在轮椅上。

"我早知道就不把她带去了。"面对来看望她们娘儿俩的邻居们，红艳婶娘红着眼圈，一遍又一遍重复着同样一句话……

原来，当初爱国叔叔，也就是红艳婶娘的丈夫和红艳婶娘一起去了南方那个城市之后，两个人先后干过送水工、搬家工、泥瓦工、钟点工……终于，在两年前，工作相对稳定下来了。爱国叔叔在一家生产手机配件的科技公司当工人，红艳婶娘则在科技公司附近当上了被城里人赞誉为"马路天使"的清洁工。

生活也相对稳定下来了。就在科技公司不远处，有一大片电视和报纸上所说的"城中村"，也就是要拆但是迟迟没拆的老旧民房。里面有很多被隔成了小单间的房子租，价钱也不是非常贵。

爱国叔叔和红艳婶娘就租了一个。

好了，离家好久的两个人，现在终于像两只四处乱撞的小鸟，在城市里有了一个遮风挡雨的小窝了。

有了小窝之后首先想到的当然是他们唯一的孩子桃桃了。她还呆在小胡庄，跟着婶婶一家生活呢。

桃桃过来后，还可以继续上学呢，因为在科技公司上班的和在"城中村"居住的都是外地人，所以附近开办了一家叫作"向阳花"的民工子弟小学。开办者也是几个外地人，据说他们以前都是农村小学的代课老师，后来因为农村生源越来越少被辞退，也只好打起背包像他们教过的那些学生或者学生家长一样出来了……

桃桃是一个懂事的孩子，在小胡庄是，进了城之后也是。除了在学校里勤奋、在家里勤快之外，她还能在周末和假期里帮助大人上班呢。

当然不是帮爸爸，因为爸爸在生产手机配件的科技公司里，而科技公司有大门呢，大门跟前有保安呢，保安要检查工作牌牌呢。

可是妈妈上班的地方没有大门啊，没有保安啊，也不需要检查什么工作牌牌啊。

妈妈上班的地方可以随便进出。

因为妈妈的岗位就在人来人往的大街上。

妈妈是一名马路清洁工。

马路清洁工一天当中最最繁忙的时段就在黎明时分，因为他们要赶在这个城市醒来之前把街道扫干净。

于是，每逢周末或者寒暑假，桃桃每天天不亮就跟着妈妈一起起来了，然后帮着她一起扫马路。一开始妈妈爸爸是反对的，主要是担心她睡不好觉，可是桃桃实在是太心疼妈妈了，心疼到躺在床上也睡不着，最后也只好随她了……

唉，当初要是坚决反对就好了。

　　或者没有那场雪……

　　南方的冬天很少下雪，就算下也是像霜那样薄薄的一小层。可是谁能想得到呢，在今年正月初的一个深夜里，那个温暖的南方城市竟然偷偷下了一场有鞋底那么厚的大雪！

　　而且直到桃桃和妈妈上路时还在下。

　　清晨五点，在桃桃和妈妈刚刚打扫干净、紧接着又落了一层薄雪的马路上，一个早起的菜农，开着他满载着辣椒、茄子、西红柿的旧皮卡，冲着正在路边忙碌的桃桃和妈妈就过来了……

　　小满、甜甜、大闪二闪、二康三康、三丫头、豆豆……听说从前的小伙伴桃桃回来了，小胡庄上几乎所有的孩子都跑来看。

　　早早当然也跑来了。

　　而且还是第一个跑来的……

　　不对啊，昨天，早早不是去"看姥姥"了吗？而且早早的"姥姥"家那么远，就算她到那里之后连一口水也不喝就转身回来，时间好像也不够啊。

　　难道她根本就没去？

　　难道她中途放弃了？

　　没错，早早果真就没去。

　　昨天早上，早早背着"隐蔽"在书包里的点点坐上公交车到达县城之后，又一路东打听西打听，找到了嶂山县长途汽车站。

　　当早早远远地看到"嶂山县长途汽车站"那几个金色的大字时，心里又难过又激动。

　　难过的是当初爸爸就是从这里离开的，然后妈妈也是从这里离开的，最后连弟弟也从这里离开了。激动的是就在此时，自己也要从这里离开了……

是的，早早并不是要去"看姥姥"。别的姑且不说，单说早早带的那些东西：咸鸭蛋是妈妈最爱的，干豆角是爸爸最爱的，小狗熊是弟弟最爱的，"进步之星"的奖状是早早自己最爱的，当然，也一定是最能够给爸爸妈妈带来惊喜的……

"看姥姥"其实只是一个谎话，骗奶奶的。早早要去的其实就是爸爸妈妈还有弟弟已经去了的那个遥远的南方城市。

可是，你知道早早是怎么产生这个念头的吗？

对，是点点！

或者说，是早早曾经做过的那个梦！

就是点点丢失当天夜里做的那个梦。在梦里，点点告诉早早，自己之所以突然失踪了，是因为想妈妈了，自己要去找妈妈了。点点还告诉早早，虽然自己从来没有见过妈妈，不知道妈妈长什么样，但是自己依稀还记得妈妈身上的气味啊。点点还说，为了找到自己的妈妈，就算迷路了、饿死了、遇到坏人了，自己都不会怕！

当时因为急着找点点，早早就没怎么在意这个梦，可是等到点点回来之后，这个梦却时不时地就会出现在早早的脑海里。

好像它根本就不是一个梦，而是在生活中真真切切地发生过。

点点连自己妈妈长什么样都不知道，也不知道妈妈究竟在哪里，可是它却能不顾一切地去找妈妈。而自己呢？自己跟妈妈一起整整生活了十二年！自己连妈妈有几颗痣、几条皱纹、几根白头发都知道！而且也知道妈妈在哪里，家里收到的那些汇款单上明明白白地写着呢，可是自己却从来没想过要去找妈妈。每一次想起这个梦时早早都会忍不住这样想，真是连点点都不如啊。

早早终于下了要去找妈妈的决心。

而且制定了一个自以为非常周密的计划。

接着，就行动了。

这不，现在，早早已经走进了车站。

车站里的人流实在是太拥挤了，呼啦一群出去的，呼啦一群进来的，还有卖票的窗口和检票的小门那里，都排着又多又长、游龙似的队。车站里的声音实在是太吵闹了，那么多行李箱跟地面摩擦发出的轰轰声，那么多人说话发出的嗡嗡声……还有冷不丁儿传来的大人的叫喊声，孩子的哭闹声，以及大喇叭里车站播音员的播报声。车站里的气氛实在是太紧张了，电子大屏幕上红色的客车班次表不停地滚动着，安检仪器上红色的指示灯不停地闪烁着……迟到的旅客不停地奔跑着，维持秩序的保安不停地巡逻着……

早早以前去的最远的地方就是三十里开外的姥姥家，还都是跟着大人一起。像现在这样独自一个人出远门，算是破天荒头一回。

早早一下子就害怕了。

不过这害怕并不是让早早放弃计划的主要原因，而是接下来突然出现的一个人。

一个跟妈妈年龄相仿的女人。

那个女人是早早在大厅里遇到的。当时，早早手里拿着从汇款单上抄下来的爸爸妈妈的地址，正随着队伍往售票窗口跟前挪。

可是，早早刚挪了没几步，就被这个女人从旁边轻轻一把拉住了。

"苒苒，你是不是我的乖苒苒？"女人目光有些呆滞，但很柔和，就像一盏昏暗的灯。

早早的紧张很快就被女人眼里的灯给赶走了。

她绝对不是坏人。因为坏人不是这个样子的。早早一边这样想着一边回答："阿姨，你认错人了，我不叫苒苒，我叫早早。"

而就在早早这样说的时候，旁边巡逻的保安跑了过来。

"你怎么又来了？跟你说过多少遍了，这里没有你的苒苒，这里没有你的苒苒！"保安很不客气地一把扯过这个眼神就像一盏昏暗的灯的女人，然后指着车站进出口的大门说，"还不抓紧回家去！"

女人很听话地往大门跟前走，一边走一边喃喃自语道："对，我的苒苒在家里，她哪里也没有去，她哪里也没有去……"

"小姑娘，别害怕，"保安叔叔转过脸安慰早早，"她不是什么坏人，就是有时候脑筋会糊涂。"

热心的保安叔叔告诉早早，这个女人就住在车站不远处，大概十年前，她三岁的女儿应该是让人贩子给拐走了，怎么找都找不到。后来，这个女人就时不时地会糊涂，而一旦糊涂起来，她就会往车站跑，跑来找她那个丢失的、叫苒苒的女儿……

"小姑娘，你家大人呢？"保安叔叔突然有些警觉地问。

早早下意识地往队伍前面指了指。

"虽说这世界上好人多，但还是有坏人！所以你一定要寸步不离地跟着大人，"好心的保安叔叔叮嘱道，"千万别跑丢了，跑丢了大人会急坏的。"

然后，他就转身往别的地方巡逻去了。

保安叔叔虽然离开了，但他说的那句话，那句"千万别跑丢了，跑丢了大人会急坏的"，还有刚才阿姨说的那句"苒苒，你是不是我的乖苒苒"，却一遍又一遍、反反复复地在早早的耳边回响。

早早刚踏进车站时产生的那些害怕，还有刚被阿姨拉住时产生的那些紧张，就一股脑儿地全回来了。

而且它们就像在雪地上滚了一圈的雪球一样，变大了。

早早忍不住又看了一眼手里的那张纸，那张抄有爸爸妈妈地址的纸：××省××市××路××建筑工地。

然后，脚虽然随着买票的队伍一点点往前机械地挪，但是心却像鸟儿一样呼啦一下飞走了。

早早看见自己买票了，上车了。

可能最近几天实在是太紧张又太兴奋了，特别是昨天夜里，因为惦记着要早起赶汽车，几乎一夜就没怎么睡。

所以早早一上车就像木头一样睡着了。

然而让人做梦也想不到的是，醒来的时候，自己根本就不在爸爸妈妈身边！

也不在他们所在的那个千里之外的城市！

而是在一个四面无人的旷野里！

不，有人！有两个满脸横肉的人贩子！他们恶狠狠地对自己说："不准哭！要哭就把你扔到河里去⋯⋯"

然后，早早就看见自己被卖掉了⋯⋯

又看见天黑了，要睡觉了，奶奶照例要把她藏在枕头里的钱拿出来数一数。这一数可不要紧，竟然发现少了整整二百块⋯⋯而且自己说好第二天就回去的，可是到了第二天，奶奶左等右等也等不到！

奶奶一下子就着急了，就知道自己离家出走了！

再加上奶奶身体本来就不好，所以她一下子就病倒了⋯⋯

接着，早早就看见爸爸妈妈也知道自己失踪了，像自己不久前找点点一样满世界地找，可是怎么找也找不到。

于是，爸爸黑芝麻一样黑的头发一夜之间就全变成白芝麻一样的颜色了，妈妈也像刚刚那位问自己是不是叫莳莳的阿姨一样，一下子就变糊涂了⋯⋯

　　"小姑娘，你要到哪里去？怎么你自己买票啊？你的爸爸妈妈呢？"早早正想得难过呢，忽然听到窗口里那位漂亮的售票员姐姐和颜悦色地对自己说。

　　原来已经挪到队伍的最前面了。

　　早早犹豫了一下。

　　急忙跑开了……

20. 悄悄话

　　"昨天晚上回来之后，奶奶简直高兴坏了，还以为我是提前一天从姥姥家回来的呢。"桃桃回来的当天夜晚，当小胡庄上所有来看望的人都离开之后，当早早跟桃桃一起爬上床之后，早早把这个连对小满都会隐瞒的秘密悄悄告诉了桃桃。

　　对，就是要瞒着小满！因为她虽然跟桃桃一样是自己最好最好的朋友，但是她的嘴巴却快得让人受不了。不信，你悄悄告诉她一样什么事，然后再千叮咛万嘱咐，让她一定一定不要说出去。

　　可是，顶多顶多也就一星期时间吧，小胡庄上几乎所有的孩子就都知道了。所以，在此之前，早早一样也没有把自己"看姥姥"的计划告诉她。

　　但是桃桃不一样。

　　你要是告诉桃桃什么事，然后再告诉她这是秘密，不能说，她就真的不会说。一个月也不会说，一整年也不会说，一辈子也不会说。

　　好像她给自己的嘴巴上了锁。

　　好像她已经完全把你说的秘密忘记了。

　　虽然桃桃跟自己分开整整两年了，但是早早感觉她跟从前是一样的。

　　一丁点儿的改变也没有。

　　看起来还是那么的亲。

要不然，早早怎么会帮桃桃收拾一天的床铺呢。

更别说头挨着头一起睡觉了。

黑暗中，桃桃听了早早的话，庆幸地说："你回来就对了。"

"是不是真的会让人拐卖了？"早早有些后怕地问。

桃桃想了一下，像一个大人那样回答道："有可能，毕竟你现在年龄还小，路程又太远了，那个城市也太大了……还有，你要坐一整天的车，这样算来，下车时恰好是深夜里……另外，出门在外这两年，我确实也听说过有的孩子像你这样偷偷出门找大人，结果大人没找到，反把自己弄丢的。"

早早"啊"了一声，心里更加后怕了，不由自主地缩了一下身子。

桃桃一定感觉到了，桃桃说："不过你也不用太担心，因为这个可能性太小了，差不多跟蚂蚁一样小。这个世界上毕竟还是好人占大多数。"

"你是说，我能找到爸爸妈妈的工地上？"

"也许吧，只要你足够勇敢的话。你可是有地址的，虽然深夜里下车，但大城市的深夜里人也很多，就像咱们嶂山县城白天那么多。公交车也很多，也像咱们嶂山县城白天那么多。你只要拿着爸爸妈妈的地址多打听一下就行了。对了，早早，你最好直接找车站里巡逻的警察叔叔或者保安叔叔，他们对人可好了，特别是像你这样找不到爸爸妈妈的小孩子，肯定会给你买吃的买喝的，说不准还会直接用警车把你送过去。"

"哦，他们真是太好了……可是，桃桃，既然这样，那你刚才为什么还说'你回来就对了'呢？"

"我没说你一定能找到呀，我是说也许能找到，因为毕竟有危险，虽然它发生的几率像蚂蚁一样小……对了，就像你在车站里想的一样，假如你奶奶发现你并不是要去姥姥家，那她一定会急坏的，急出心脏病也不一定。还有你的爸爸妈妈，包括晚晚，假如你不能及时赶到他们那儿去，他们又知道你已经离开了家，那他们也一定会急坏的。"

"嗯。"

"还有，最最重要的一点，就算你真的到了那儿，也许……"

"也许什么？"

"也许很快就想回来的。"

"嗯，因为暑假毕竟那么短，很快就要开学了。"

"我不是这个意思，我的意思是……是你很快就不想待在那儿了。"

"为什么？"

"因为现在这时候，那里实在太热了。"

"难道没有电风扇？"

"有，但还是热，因为那是南方，又是城市里……只有空调有作用，但是我猜你爸爸妈妈就像我爸爸妈妈一样舍不得装……还有，早早，我猜你爸爸妈妈在建筑工地上住的地方也非常小，就像笼子一样小。"

"嗯，他们在电话里说过的。"

"可是你，还有晚晚，要一直呆在这笼子里，你爸爸妈妈整天要为挣钱忙得团团转，不可能有时间带你出去玩儿。他们又不放心让你们自己出去玩儿，因为外面到处都是汽车和陌生人，你们对那里也不熟悉。"

"嗯，这个他们在电话里也说过的。"

"不出意外的话，除了晚晚，就再没有哪个孩子会跟你一起玩儿了。"

"哦……为什么？"

"因为跟着父母出去的，或者像你这样在暑假里过去的，毕竟是少数，又来自天南海北，各自呆在各自的笼子里……城里的孩子倒很少呆在笼子里，但是……"

"但是什么？"

"但是他们很少会有人愿意跟你一起玩儿，就算他们愿意，他们的爸爸妈妈也不一定愿意啊。"

"为什么？"

"不知道，也许是差别太大了吧，就像一只羊和一只狗，永远也玩儿不到一起去……对了，就算能玩儿到一起去，他们也没有时间啊。我以前就认识一个跟我差不多大的城里的女孩子，我喜欢她，她也喜欢我。可是她平时时间太少了，特别是到了节假日，不是去旅游就是去上兴趣班，要不就是去运动或者看电影……反正她能做到的我都做不到，时间一长，两个人自然就生疏了。"

"桃桃，你就是因为这个才回来的吗？"

"不，是因为上学。你知道的，等到开学的时候，我跟你一样都是六年级，然后就要升初中了。可是早早你不知道，一个跟着爸爸妈妈过去的孩子，在城里想找到合适的小学都非常难，更别说合适的中学了……还有，我的两只脚都没有了，妈妈需要照顾我，这样就只剩下爸爸一个人挣钱了。在城市里，让一个在工厂打工的人养活一家人，真的是太难太难了。"

早早一听桃桃说到她的脚，眼泪一下子又下来了。

是的，是"又"。

因为早早已经哭过一次了。

在白天。

在刚刚看到桃桃的那一刻。

因为桃桃是自己的好朋友，因为桃桃是活蹦乱跳离开的，因为从此以后，桃桃再也不能跟自己一起跳绳、踢毽子、嬉闹奔跑了……

黑暗中，早早下意识地摸了一下桃桃的腿——当然没敢摸到伤口处，说："桃桃，还疼吗？"

"有时候会。不过会越来越好的。"

"嗯。以后上学放学，我会天天推着你。"

桃桃很感激地给了早早一个大大的拥抱，然后告诉早早："爸爸说了，等他攒了足够的钱，就会帮我装假肢。"

"哦，那太好了！也能像从前一样跳绳、踢毽子吗？"

"我估计难，假的毕竟是假的，能站起来走路就已经不错了。"

早早有些失望，沉默了一小会儿，然后说："桃桃。"

"哎。"

"说实话，你……后悔去那个城市吗？"

桃桃想了一下，伤心地说："也不能说后悔。因为就算呆在家里也可能出事啊。比如小虎子，两年前我走的时候他还跟我说再见的，可是今天回来才知道，他都已经没有了。"

小虎子是早早心头一块疤。

早早的心狠狠地疼了一下。

"其实还不止小虎子，以前在城里的时候，我也常听爸爸妈妈说起他们有的工友的孩子在老家出事了。"

是的，这个早早是知道的，因为周边的村庄上常有这样的坏消息传来：哪哪儿的一个孩子不小心被开水烫伤了，哪哪儿的一个孩子不小心被灶火烧伤了，哪哪儿的一个孩子不小心被恶狗咬伤了，哪哪儿的一个孩子不小心像小虎子一样掉进水里再也上不来了……还有，就是哪哪儿的一个孩子——女孩子，像自己一般大甚至比自己还小的女孩子，不小心让坏人给欺负了……

另外，为了让大家增强安全意识，学会自我保护，班主任常老师也经常会从电视、报纸、网上搜集一些这样的事例在班上讲。让早早印象深刻的有两件事：一件是某个地方一家竟然同时淹死了姐弟四个人，最大的姐姐只有十三岁。一件是某个山区的冬天里，几个淘气的小男孩聚在垃圾桶里点着了塑料垃圾来取暖，结果都被塑料垃圾燃烧时产生的毒气毒死了⋯⋯

而这些受伤害或者夭折的孩子当中的大多数，都是爸爸妈妈外出挣钱的。

桃桃也是因为爸爸妈妈外出挣钱才这样的。

说到底，这一切好像都跟钱有关系。

一想到了钱，早早很快就想到了奶奶曾经问过自己的那些话。

那些自己也不知道怎么回答的话。

现在正好可以问桃桃。

"桃桃，你说，城里哪来那么多钱呢？城里也没有一块田，也不种一棵麦子、也不栽一棵水稻、也不点一粒豆子⋯⋯也不喂一口猪、也不放一只羊、也不养一条鱼⋯⋯"

桃桃听完，就像从前自己一样有些蒙。

"还有，为什么咱农村老是要把最好最好的东西都送到城里去？奶奶说，她还年轻那会儿，还是"大集体"那会儿，田里长出的最好的麦子跟水稻，菜地长出的最好的土豆跟洋葱，塘里长出的最好的鱼虾跟莲藕，圈里长出的最好的肥猪跟山羊⋯⋯还有最白的棉花、最红的苹果、最鲜的蘑菇、最圆的大豆⋯⋯还有花生、芝麻、鸡蛋、蚕茧这些稀罕物，统统都留给城里了⋯⋯剩下的，大多是些粗的、小的、陈的、瘪的、瘦的、烂的⋯⋯现在呢？现在倒好，干脆连最好的人都留给城里了！"

"最好的人都留给城里了？"桃桃听了也像从前自己听了一样不明白。

　　"是啊，奶奶说了：那些如花似玉的大姑娘跟小伙子，还有咱们爸爸妈妈这样身强力壮的劳动力，凡是脑筋跟手脚好使的，有几个能老老实实呆在家里面？全都一窝蜂似的跑到城里了！剩下的大多都是老的、小的、病的……了。"

　　在奶奶当初的原话里，"病的"后面还有两个字——"残的"。不过，"残的"刚刚说到嘴边，就被细心的早早咽下去了。

　　早早害怕桃桃伤心。

　　然后，早早又像当初奶奶那样追问道："桃桃，你说，咱农村是不是生来就亏欠城里的？"

　　桃桃想了一会儿，有些惭愧地对早早说："早早，这个问题确实太难了，我也不知道怎么回答你。"

　　可能是因为有心事的缘故吧，两个人都不再吭声了。

　　这样过了大概有十分钟，桃桃首先打破沉默，在早早的耳边小声说："早早，我想请你帮个忙。"

　　"说吧。"

　　"请你悄悄地到院子里看一看，看看天上有没有云。"

　　看星星！

　　桃桃是想看星星！

　　因为以前桃桃在家的时候，最最喜欢看星星了！

　　而且每次都会拉着早早一起看！

　　可是，桃桃为什么回来第一晚就要看星星呢？为什么都已经睡下了还要起来看星星呢？

　　难道城里没有星星吗？

早早把这一连串的问题问了出来。

"有，可是太稀太稀，稀得只剩下没几颗，"桃桃回答，"早早，你知道的，我妈妈是马路清洁工，我跟着她每天都要晚睡早起的，可是无论睡得多晚或者起得多早，都只能看见很稀很稀的几颗星。"

"为什么？"

"你不知道，早早，城里的灯光太亮了，就像一团白色的雾，把那些密密麻麻的小星星全都给遮住了。"

早早悄悄地来到院子里，看到天上黑乎乎的什么也没有。

"天上应该全是云，"早早悄悄地对桃桃说，"没事的，也许明晚就会散去的……"

21. 地球上的天河

老天仿佛知道地上有一个叫桃桃的小姑娘已经整整两年没看过满天的星星了，所以第二天早上开始，他就一朵接一朵地去赶天上的云。到黄昏的时候，所有的云朵就全被赶走了，连树叶那么大的一块儿也没有留。

蓝天干净得就像一块巨大的经过认真擦拭的蓝玻璃……

刚吃完晚饭，早早就带着一张席子，推着桃桃出门了。

她俩要往打谷场去。

假如把整个天空比作一口倒扣的锅，那么从自家的院子里望上去，只能看见锅底或者锅心那一点点，其余地方全被周围的屋顶啊树梢啊什么的挡住了。

可是，假如从打谷场上看上去，那口倒扣的锅就非常完整了，完整得连锅沿、锅口都能看得见。

因为打谷场的面积太大了，比桃园小学的操场还要大。视野当然也就非常宽阔，宽阔得能看到天尽头……

当早早推着桃桃来到打谷场的时候，看到大闪、二闪、二康、三康四个人早已经在场中间等着了。

然后呢，小满、甜甜、三丫头、豆豆几个也到了。

对，大家是白天约好的，约好一起陪桃桃看星星。

再然后呢？陆陆续续的，几乎小胡庄上所有的孩子，白天没约的孩子，也都搬着小板凳，或者拎着大大小小的竹席子、草席子、芦席子，集中到打谷场上来了。

肯定一传十、十传百，最后大家都知道了，都来一起陪桃桃看星星了……

在西边粉红的余晖里，最大的几颗星星就像是电视里联欢晚会的主持人，率先闪亮登场了。

接着，随着那余晖一点点变淡，天上的星星也按照从大到小的顺序一个个出现。

最后，余晖完全消失了，连最小的星星也清清楚楚地出来了，连雾一样的星云也清清楚楚地出来了，连整个银河，也就是天河也清清楚楚地出来了……

"对了，妈妈说，后天就是鹊桥会，也就是七夕节了。"肯定是受到天河的启发吧，小满忽然想起了白天里妈妈说过的话（妈妈之所以想起说七夕节，也一定是受到小满的启发了，当时小满跟妈妈说希望天上的云朵全散掉，那样她好在夜晚陪桃桃一起看星星）。

大家一听到小满说七夕节，当然一下子就想到了牛郎织女。

而且他们近在咫尺，就在自己的头顶上。

好像只要站起来，把胳膊稍微伸长点儿，再使劲儿地往上跳一跳，就可以把他们摘下来。

不过并不是所有的孩子都认识牛郎织女，有人问："哪两颗是牛郎星和织女星？"

早早知道。

桃桃知道。

小满知道。

好多孩子都知道。

于是大家七嘴八舌地指着天上说："头顶上最亮最亮的那一颗。""就是河这边的这一颗。""对，就是这一颗！""她就是织女星！""头顶上第二亮的那一颗。""就是河那边的那一颗。""对，就是身边有两颗对称的小星星的那一颗！""他就是牛郎星！""没错，那两颗小星星就是他挑着的两个孩子，一个小男孩跟一个小女孩……"

于是，小胡庄上所有的孩子都认识牛郎星和织女星了。

而且还认识了那两个跟着爸爸、却跟妈妈天各一方的孩子。

接下来，大家都不出声，都对着天空出神地看。

不知道看了有多久，一个男孩忽然说："我发现我爸爸就是牛郎，我妈妈就是织女。"

大家听了不禁哈哈哈哈哈哈地大笑起来。

"你们别笑，我是认真的，"那个男孩理直气壮地说："你看啊，我和我妹妹在家跟着爸爸，我妈妈一个人在城里挣钱，而且也是每年见一次，这跟天上是一模一样的，只不过牛郎织女见面在七月七，我们家见面在年关上。"

是啊，事情的确是这样的。

于是大家都不笑了。

然后，就有一个女孩说："我们家情况也差不多，只不过我爸爸带的不是一个男孩一个女孩，而是两个都是女孩。"

接着，大家就七嘴八舌地说开了：

"我们家是妈妈带着我和我哥哥。我爸爸自己在城里，也就是河的那一边。"

"我们家是爷爷奶奶带着我和我弟弟妹妹在这河的这一边，我爸爸妈妈在河的那一边。"

"我们家是……"

"我们家是……"

　　大家没完没了、叽叽喳喳地诉说着。

　　可以听得出，除了极少数的几个人，小胡庄上绝大多数的人家都有一条河。

　　一条天河。

　　早早家自然也不例外。

　　不过这些河并没有存在多久，就被彻底填平了。

　　是这样的，早早一边看星星一边听大家说话。看着看着，听着听着，早早的眼皮就打架了。

　　就在席子上睡着了。

　　睡着之后，早早做了一个梦：早早梦见自己和小满、桃桃、大闪二闪、二康三康、甜甜、豆豆、三丫头……当然还有弟弟晚晚，全都长大了。

　　有了足够的力气了。

　　于是大家一起拿起铁锹填天河。

　　很快就把天上地上所有的天河全填平了……

　　早早梦见天上的牛郎织女还有他们的孩子全都团聚在一起了。

　　早早梦见地上所有的牛郎织女还有他们的孩子也全都团聚在一起了。

　　早早梦见自己一家人，包括小黑狗点点，也都幸福地团聚在一起了，而且是团聚在院子里那棵已经长大了的、枝繁叶茂的楝树下……

后记

中国制造

作为一个从村庄里走出来的作家，十多年前，我出于本能，陆续写了好几篇反映留守儿童生存现状和情感困境的短篇小说。这些小说当中的一部分，收录在2011年出版的我的短篇小说集《鸟背上的故乡》中。而这本《鸟背上的故乡》有幸以小说组最高得票获得了第九届全国优秀儿童文学奖。

这对我是一个巨大的鼓励，鼓励我接着写下去——而且我已经计划好了，不再写这个题材的短篇，要写长篇。我觉得，假如把短篇比作是一瓣橘子的话，那么长篇就像一只橘子。

给人一只橘子总比给人一瓣橘子要好一些。

但是我最终放弃了。

因为一句话。

一次与一位编辑朋友在QQ上闲聊时的一句话。

那位编辑朋友说："一看到留守儿童题材的投稿就头疼……"

听到这句话我非常难过，也非常的失落。

  其实不用问他为什么头疼，我就能猜测到几种答案：最可靠的答案应该是关于留守儿童题材的稿子太多了，让人厌烦了；也可能是编辑朋友本人不喜欢留守儿童题材的；或者，不是他本人，而是那些孩子，小读者，他们对留守儿童题材不感冒。要知道，现在儿童文学杂志和书籍的主要阅读者或者说是消费者，应该是城里的孩子，而对于城里的孩子而言，农村的生活毕竟遥远又陌生。我的阅历告诉我：他们对于魔法题材、校园题材、侦探题材、科幻题材……以及近年来很火的动物小说更感兴趣。

  显而易见，单从题材上，孩子们的天性决定他们更喜欢阅读那些他们认为更熟悉、更轻松、更新奇、更刺激一些的作品。就像他们的味蕾更喜欢辣条、果冻、薯片、巧克力、炸鸡腿、可口可乐一样。

  而关于农村的现实题材，特别是关于当下留守儿童的现实题材，却像是一棵来自乡下的青菜，而且是一棵略带点儿苦涩的野菜，与他们的这些天性多多少少有距离。

  假如没有家长或者老师的引导，他们有可能会先入为主地抗拒这棵野菜……

  或者还有其他的我想不到的答案。

  不过不管什么原因，我都决定放弃我的写作计划了。

  假如把我当时的写作计划和热情比作是一团刚刚燃起的火苗的话，那么这位编辑朋友的话，就像是一盆冰凉的水……

接下来的很多年，在我写作的道路上，"留守儿童"这四个字就像是一颗地雷，是我必须要小心翼翼绕过去的。又像是一块隐隐作痛的伤疤，我必须小心翼翼地不去触摸到，但是我常常忍不住地想去触摸一下、抚慰一下，因为这疤真的太疼了。特别是作为新闻工作者的我，在遇到一些极端的、就发生在自己身边的事情的时候。比如有两个留守的相差只有一岁的亲姐弟，一起掉进河里淹死了；一个留守的男童在做饭的时候被火大面积地烧伤了；一个留守的女童被村里的歹徒强暴了……

而最终改变我、让我鼓起直面这地雷和伤疤的勇气的，是2016年的一次经历。

作为江苏省宣传文化系统"五个一批"人才，我有幸得到了一次去英国访问培训的机会。

对于从未跨出国门的我来说，这半个月是弥足珍贵的学习之旅，也是备受激荡的震撼之旅。无论是在威斯敏斯特大学的课堂里，还是在伦敦皇家歌剧院；无论是在英国国家旅游局，还是在伦敦艺术周组委会；无论是在PA(英国新闻联合社)，还是在BBC(英国广播公司)……

当然还包括伦敦的商业中心，也就是著名的三条街：牛津街、摄政街、邦德街。

不过，在这三条街上，震撼我的却不是这里即古老又时尚、即繁华又安静的氛围，而是很多店里的商品、特别是小商品上都标有"Made in China"。

中国制造。

比如一套非常柔软的睡衣，Made in China；一把非常漂亮的雨伞，Made in China；一副非常新潮的太阳镜，Made in China；一只非常小巧的闹钟，Made in China；一款印有女王头像的金属旅游纪念品，Made in China……

而且，接下来，在牛津，在曼彻斯特，在卡莱尔，在爱丁堡……我看到了越来越多的"Made in China"。

毋庸讳言，这些"Made in China"中的绝大多数，都是劳动密集型产品，或者说是价廉物美的日用品。

以前，从网络上，从电视和报纸的新闻中，从身边人们的谈论中，我也听说过"中国制造"的强大威力，比如某某出国旅游，带回来的很多"洋货"竟然都是国产的；某某国家除了食品和化妆品之外，几乎所有的日用品都是中国制造；某某国际大港里超过三分之一的集装箱都来自中国……

当时听了也颇有感触，但真正在心灵深处受到震撼和触动，还是站在异国他乡的土地上。

每一次看到"Made in China"，我都会下意识地想起我那些身为农民工的兄弟姐妹、同学伙伴、邻里乡亲。

想起和他们一样的那数量庞大的两亿八千万农民工（国家统计局检测报告显示，2015年中国农民工总数达27747万人，2016年增至28171万人）。

因为，这两亿八千万的农民工，基本上都分布在制造业、建筑业和服务业。

正是这数以亿计的中国农民工，穿着被汗水或者油污浸透的工装，在机器轰鸣的厂房里，在灯火通明的车间里，在马不停蹄的流水线上，为国家制造了产品、制造了财富，制造了外汇、制造了底气，制造了GDP、制造了奇迹……同时也为世界人民制造了价廉物美、方便舒适的美好生活。

而在获得相应报酬的同时，他们付出的远比想象的要多。时间——三班倒，除了吃饭睡觉就是上班，几乎没有休息日。体力——只要在下班时间到那些工厂的门口看一看就知道了，从那大门里面走出来的人鲜有不筋疲力尽的。人生中最美好的年华——凡是在工厂里打工的大多是正值青春年华的大姑娘和小伙子，还有少部分是年富力强的中年人，他们把一生中最最精彩的那一部分，全都用于"Made in China"，也就是"中国制造"了……

还有，我认为他们牺牲最多的，就是正常的家庭生活以及亲情。

因为绝大多数的农民工是要背井离乡的。

他们在制造产品、制造财富的同时，也制造了几个时代特色鲜明的词：

留守妇女，留守老人，留守儿童。

就像那些"中国制造"的产品一样，留守一族也是典型的"Made in China"——中国制造。

而且，所有这些妇女、老人、孩子的留守为"中国制造"做出了不可忽视的牺牲与贡献。想到这里，我不禁为自己因为一句话和可笑的自尊心而放弃了初衷感到愧疚。

这个特殊的群体应该得到我们这个国家以及全世界更多的注视和关照。

包括文学的注视和关照。

　　特别是那些弱小的、正面临着与他们的年龄异常悬殊的生存压力和情感困境的孩子们……

　　基于此，我决定重新拾起搁置了几年的写作计划，继续创作留守儿童题材的长篇作品。

　　于是，《天河》就这样产生了。

　　好与不好我不敢说。

　　我只敢说：在这个叫作《天河》的作品里，我，一个从前的农村孩子，已经对今天的那些农村孩子，最大限度地表达了疼、歉疚、惺惺相惜，还有敬重。

胡继风

2018 年 10 月 18 日

图书在版编目（ＣＩＰ）数据

天河 / 胡继风著. -- 哈尔滨 ： 黑龙江少年儿童出版社，2019.1（2020.10重印）
　ISBN 978-7-5319-5984-7

　Ⅰ．①天… Ⅱ．①胡… Ⅲ．①长篇小说－中国－当代
Ⅳ．①I247.5

中国版本图书馆CIP数据核字(2018)第224631号

天河 TIANHE　　　　　　　　　　　　　　　　　　　　　胡继风 著

出 版 人：商　亮
责任编辑：何　萌
插　　图：逆行阿星
封面书法：王一丁
封面设计：梁　毅
整体制作：文思天纵
责任印制：姜奇巍　李　妍
出版发行：黑龙江少年儿童出版社
　　　　　（黑龙江省哈尔滨市南岗区宣庆小区8号楼150090）
网　　址：www.lsbook.com.cn
经　　销：全国新华书店
印　　装：北京一鑫印务有限责任公司
开　　本：787 mm×1092 mm　1/16
印　　张：11
字　　数：145千
书　　号：ISBN 978-7-5319-5984-7
版　　次：2019年1月第1版
印　　次：2020年10月第2次印刷
定　　价：38.50元